KB270444

내 삶의
느린시간을
연습하며

박문신 수필집

박문신 수필집

내 삶의
느린 시간을 연습하며

2011년 5월 10일 초판인쇄
2011년 5월 15일 초판발행

지은이 | 박 문 신
펴낸이 | 홍 철 부
펴낸곳 | **문 지 사**

등록일 | 1978. 8. 11(제 3-50호)
서울특별시 은평구 갈현1동 423-16
영업팀 | 02) 386-8451
편집팀 | 02) 386-8452
팩 스 | 02) 386-8453

값 10,000원

※ 잘못된 책은 구입하신 서점에서 바꾸어 드립니다. ※

내 삶의
느린시간을
연습하며

박문신 수필집

❄

사랑하는 사람은

두 마음을 갖고 있습니다.

하나는 슬픔으로 아파하는 마음이고

또 하나는

그것을 인내하는 마음입니다.

❄

2011년 새해 아침도 어김없이 또 밝아왔습니다. 마음을 다잡아 산에 오르니 날씨는 살을 에는 듯 매섭게 춥습니다. 하지만 온 산이 두터운 눈옷으로 뒤덮여서인지 숲속은 너무나 온화하고 따사롭게 느껴집니다.

아침 햇살은 눈빛을 함빡 머금어 유난히도 희고 맑게 빛납니다. 아마도 그 빛에는 오늘의 이 어지러운 세상을 사는 우리에게 한 줄기 희망의 메시지를 전하려는 '삶의 굳은 의지'가 담겨 있는 것 같습니다.

혼탁하고 어려운 세상을 살아가려면 '빠져들기 쉬운 욕심의 유혹을 뿌리치고 이기주의적 사악함에서 벗어나야 한다.'는 나만의 마음가짐에 정신을 가다듬어봅니다. '언제나 열린 생각에 마음을 비우고 나눔과 베풂의 미덕을 중시하며 남을 배려하라는 것'은 예나 지금이나 성현(聖賢)들의 변함없는 가르침의 말씀입니다.

나는 지금까지 어떻게 살아왔고 앞으로는 어떻게 살아갈 것인지? 항상 자신을 뒤돌아보며 주변을 살피는 마음가짐에 유념하렵니다. 조금은 손해보는 밑진 삶을 살더라도 돈보다는 마음의 양식을, 갖으려 하기보다는 주는 마음을, 말하려 하기보다는 듣는 쪽을 목표로 삼아 이해하고 양보하며 용서하는 삶을 이어가려 합니다.

언제나 겸허한 마음으로 남에게는 인색하지 않고 오늘의 내 존재와 가치에 만족하기보다는 내일을 내다보는 조금은 창조적이면서도 미래지향적인 사람이 되었으면 합니다.

소극적이며 자기 중심적인 아집과 독선이나 오만과 편견은 미련없이 버리도록 하면서 소아병적인 나약함과 주저함도 멀리하렵니다. 무엇이든 나 아니면 안 된다는 비판적이며 부정적인 자세를 애써 외면하는 대신 항상 내면에는 따듯함과 온화함이 넘쳐나는 긍정적인 사람이 되려 합니다. 모든 것을 남과 비교하지 말고, 내 잘못을 남의 탓으로 돌리지 않으며, 내 안의 참면목을 깨우치려는 진정한 자아 발견의 삶이 바른 길이라고 생각합니다.

어느 사람이 내게 왜 사느냐고 물어온다면 '나는 아직도 하고 싶고 해야 될 일이 너무 많으며 남을 정성껏 도우며 살아야 할 의무가 남아있기 때문'이라고 말하려고 합니다. 돈과 외모나 출세에만 함몰되어 있는 이 어지러운 세상에, 이 병든 사회를 개선해 나가는데 내 스스로 조금이나마 기여하면서 오직 사랑과 희생의 정신으로 많은 사람과 자신을 나누는 방법을 배우고 실천하려 합니다.

그리고 오늘도 내일도 보이지 않는 뒷전에서 '보람 있는 소금의 역할'을 조금이라도 수행하고 싶은 것이 나의 간절한 소망이기도 합니다.

항상 부족한 내가 이렇게 3번째 수필집을 내리라고는 전혀 예상치 못했습니다. 모두 '내 마음의 수필'을 사랑하는 수필방 님들의 끊임없는 격려와 문지사 사장님의 후원의 덕이라고 생각합니다. 아내에게도 따뜻한 고마움을 전하고 싶습니다.

2011년 새해아침

박 문 신 씀

| 제 1부 |
지금 우리는
어디로 흐르고 있는가

우리의
바람직한 사회는

내 청소년 시절의 인기영화는 뭐니뭐니 해도 미국의 서부영화였다.

지금도 그 시절 그 영화하면 영화 제목이나 유명한 배우의 모습이 머릿속에 떠오른다.

케리쿠퍼, 죤 웨인은 말할 것도 없고 아란랏드, 리챠드 위드마크 등이 주연한 서부영화에서 이들은 한결같이 악당들을 모두 물리치고 석양이 물든 지평선 너머로 유유히 사라진다.

항상 영화는 최후의 결투장에서 '정의와 선(善)을 추구한 서부 사나이는 끝내 악을 무너뜨리고 마을에 평화를 선사하고 떠난다.'는 평범한 진리를 가르쳐 준다.

요즘 인기 드라마로 높은 시청률을 기록하고 있는 '동이'와 '제빵왕 김탁구'도 우리에게 같은 맥락의 메시지를 전한다.

천민 출신의 한 여인이 숙빈 최씨가 되어 영조의 어머니가 된다는 '동이'는 끝없는 탐욕과 암투 속에서 진정한 정의와 신의를 끝내 지켜낸다.

'김탁구'도 비록 동생뻘 되는 경쟁자에게 애인과 후각(嗅覺)을 모두 빼앗기면서도 끝까지 선의의 경쟁을 포기하지 않고 제빵왕의 길을 내닫는다.

두 주인공은 우리들 모두가 현대를 살아가면서 잊어버리기 쉬운 정의에 대한 갈증과 갈망의 빈곳을 메워주려는 듯하다.

혹자는 신문칼럼에서 우리 나라에선 '특권과 부패가 안보를 뒤흔든다.'고 하면서 "35년 전 패망한 월남이 생각난다."고 하였다.

천안함 폭침 사실에 대한 정부 발표를 못 믿겠다는 국민도 30%나 된다고 한다.

확실히 우리 사회에는 바른 삶을 담보하는 정의와 정직은 한없이 퇴색되어가고 있고 물질만능의 도덕불감증 환자들만이 넘쳐 나는 병리현상의 골이 점점 더 깊어만 가고 있다.

아마 우리는 어린이로부터 노인에 이르기까지 우리 사회가 올바른 길로 발전하고 있다고 믿을 사람은 거의 없을 성싶다.

우리 옛말에 '윗물이 맑아야 아랫물이 맑다'는 말이 있는가 하면 '인사(人事)는 만사(萬事)'라는 말이 있다.

요즘 우리 나라 총리와 장관 후보자들의 인사청문회를 보고 있노라면 누구나 화병(火病)이라도 도지려는 듯 울분을 삭이지 못하고들 있다.

여기에는 좌도 우도 없고 오해와 편견도 있을 수 없으며 털끝만큼 이의를 달 만한 가치도 없다 하겠다.

후보자들 모두가 연일 죽어라 답변하고 있는 만상은 그야말로 볼썽사납고 한심하며 더러운 작태의 연출이다.

우리 일반 시민으로서는 정말 어이가 없어 할 말을 잃어버릴 정도의 답변을 대한다.

이 대통령은 얼마 전 집권 후반기의 통치 어젠다로 '공정한 사회'를 내세웠는데, 어째서 그런 사람들 만을 망라하여 총리와 장관후보자로 내세웠을까……?

실로 중차대한 의문의 의문을 갖지 않을 수 없다.

혹시 대통령은 후보자들 면면의 인적 사항을 정확이 모르고 있었다는 것인지?

청와대가 자기들 입맛에 맞게 사전검증을 대충대충한데서 비롯한 것이란 말인가?

아니면 후보로 상정한 여러 사람들 중에서 그래도 비교적 깨끗한 사람이라고 고른 것이 그 꼴이란 말인지?

　그 정도 비리라면 그냥 넘어갈 수도 있지 뭐 그리 대단한 흠결도 아니구먼! 하고 혼자 나름대로 좋은 점수를 주고 훌륭한 인선이라고 자화자찬이라도 한 것은 아닌지 모르겠다.

　위장전입, 쪽방투기, 병역기피, 공사무시, 이중국적 등을 망라한 이들 후보자들의 범법 행위를 우리 일반 국민들이, 일반 서민들로선 그냥 보아 넘길 수만은 없다.

　어떻게 이렇듯 죄를 저지른 사람들을 총리와 장관으로 임명한단 말인가?

　선거법위반으로 100만 원만 벌금형을 받아도 국회의원직을 상실하는 것이 현행법이다.

　실로 그들 후보자들의 죄질로 보아서는 이보다 더한 범죄행위라고 아니 말할 수는 없다.

　그저 청문회를 바라보는 국민들은 어리둥절한 마음 주체할 길 없고 울분의 마음을 고이 삭이고 삭일 뿐이다.

　그래도 여당 대표는 '국정 수행에 결정적인 하자는 아니다.'라고 하니 아마 대통령은 자신의 의지대로 밀고 나갈 모양이다.

　누구 말마따나 이 나라를 어느 곳으로, 어떻게 끌고 가려는 것인지?

　이게 공정한 사회로 가는 리더의 철학이란 말인지…? 등등의 의문에 우리 모두는 할 말을 잃고 만다.

왜 우리 사회에는 존경과 연민의 정이 넘치는 그런 지도자가 전혀 보이지 않는 것인지……?

일본인들은 어려서부터 집에서나 학교에서 거짓말을 하지 않도록 정직을 배우고 정의를 배운다고 한다.
일본 사람들이 대부분 친절하고 양심적이라는 말에는 어느 정도 공감을 갖는다.
우리는 어린이들에게 무엇을 가르치는지……?
마음껏 뛰어놀지도 못하게 하면서 오직 공부, 공부하며 경쟁에서 이겨 성공하는 비법만을 가르치려고 한다.
과연 이러한 풍토에서 정직을 모토로 하는 정의로운 사람이 길러질 수 있는 것일까?
정녕 불가능한 일일 것이다.

학자들 견해에 의하면 사람은 13살까지 그 사람이 평생 살아갈 인격이 거의 다 형성된다고 한다.
우리는 어린이들에게 무엇을 가르치고 있는지? 강남 대치동이나 강북 노원의 그 많은 학원에서 어린이들은 무엇을 배우고 있는지?
참으로 우리의 앞날이 염려되는 대목이다.
정의로운 삶, 정의롭게 살아가고 있는 사람, 선비정신을 가진 사람들은 정말 우리 사회에서 고위 공직자로 발탁될 수 없는 그런 나라밖에 안 된다면 할 말은 없다.

분명 우리 나라에도 우리 모두에게 언제나 존경받을 만한 그런 지도자급 인사들이 없지는 않을 것이다.

'민심(民心)은 천심(天心)'이라는 말을 되새겨 보고 싶다.

공정사회가
이루어지려면

 우리 사회는 날이면 날마다
심한 갈등과 대립으로 얼룩진 사건 사고가 연출되는 공연장이
나 다름 없다.

정치권에서 연일 벌어지고 있는 각종 비리에 기인한 혼란과
분열상은

온 국민의 실망감과 허탈감을 증폭시키고도 남는다.

뒤집어 보면 누가 누구를 나무랄 처지도 아닌 모두 그렇고
그런 모양새의 사람들이

자기는 티없이 맑은 양심을 가진 정의의 사도처럼 양의 너
울을 쓰고 행동한다.

남에게 보라는 듯 목소리를 드높여 고함 지르고 윽박지르며 심지어는 폭력까지 동원한다.

오직 독설과 폭로만으로 상대 공격에 열을 올리며 귀는 틀어막은 채 입만 열고 있는 모습은

참으로 보기에도 민망한 꼴불견의 추태들이다.

사실 오늘날 우리 사회의 각종 분야에서 벌어지고 있는 전 국민적인 대립과 갈등은 마치 철도 레일의 평행선과 동일하다.

하나같이 모두가 자기만의 이기적 자존심을 견지하고 상대와의 타협과 소통을 외면한 극한의 경지를 달리고 있을 뿐이다.

여기에서는 서로 같이 더 잘 살아보자는 공생 공존의 모색이 아니라, 오직 너 죽고 나 살자는 식의 제로섬 게임(zero-sum game)의 법칙이 난무할 뿐이다.

이념 간, 지역 간, 빈부 간, 세대 간 등 다방면에 걸쳐 펼쳐지고 있는 극심한 사회적 갈등과 대립은 모두가 이성을 외면하고 진실을 왜곡하여 상대를 공격한다.

오로지 자기만이 옳고 바르다고 강변해 댐을 익히 본다.

MB정부는 집권 후반기를 기해 이러한 사회적 현안의 해결책으로 '친 서민정책과 공정한 사회 구현'을 국정 목표의 새로운 어젠다로 제시했다.

두말 할 것 없이 우리 사회에 긴요하고 적절하며 시급히 해

결지어야 할 문제라 하겠다.

오늘의 현실에서 그 누구도 친 서민정책과 공정사회를 마다할 사람은 아무도 없다.

특히 공정사회론은 우리의 현 경제·사회 발전 과정으로 볼 때 마땅히 나왔어야 할 명제이며, 이미 늦은 감이 있는 화두인 것이다.

그러나 공정사회에 대한 우리 정치 지도자들의 자아인식은 너무나 추상적이고 이상적이며 현실과 괴리되어 있는 것으로 보인다.

또한 공정이라는 말이 무색할 정도로 보수 진보 진영 가릴 것 없이 기존의 기득권 세력이 취하고 있는 그들의 도덕적 타락상은 심각한 수준에 와 있다.

마치도 독버섯 같이 사회 전반에 걸쳐 계속 현재화되어 우후죽순 격으로 나타나고 있다.

우리의 경제, 사회, 문화는 나날이 계속 발전하고 있다.

그러나 정치 사회적 갈등과 대립으로 대표되는 우리만의 고유한 '한국병'은 그 어디에서도 치유의 실마리를 찾기가 어렵다.

오히려 이들 병리적 문화의 덫은 그 올가미에 씌워진 너울의 강도가 점점 더 강력해지면서 요지부동의 자세를 보일 뿐이다.

각 부문의 갈등 세력 간에는 서로 상대의 진정한 가치를 존중함이 없이 타협을 위한 미동의 싹도 보이지 않고 있다.

심지어는 경제적 번영의 도구마저 이데올로기적 적대감으로 치장되어 배척 당하고 외면되고 있는 실정이다.

또한 교육 문제에서도 고착화된 이념의 도그마적 집착의 고질병이 더 심화되어 전혀 그 출구가 보이지 않는 위험한 경지에 이르고 있다.

우선 우리 나라에 공정사회가 이루어지려면

권력이든 경제력이든 가진 자들이 솔선수범하는 모범의 가치를 보여주어야 한다.

가진 자들이 모든 행동거지에서 공정에 대한 말잔치만으로 끝낼 것이 아니라 일반 서민이 하나하나 보고 느끼면서 희망을 가질 수 있도록 실제로 옳고 바른 면에서 행동하는 모범적인 사례를 하나하나 보여주어야 한다.

스스로 공정하지 않은 리더가 아무리 공정을 외쳐댄들 그를 따를 사람은 없는 것이며, 그 외침은 외침만의 공염불로 끝날 공산이 큰 것이다.

다음으로 우리 사회의 심오한 대결과 갈등 구조를 해소하기 위해서는 갈등 세력 간에 상대의 보편적 가치를 존중하는 소통의 광장이 조성되어야 하며 이를 통해 합리적인 논의가 가능한 순수한 협의체가 마련되어야 한다.

무조건 상대의 가치를 헐뜯고 무시하는 풍조의 고리가 발을 못 붙이도록 역지사지의 정신이 배어나야 한다.

나아가 무엇이 진정 민족의 번영과 국가 발전과 부합한지를 고려하여 제3의 합의점을 찾는 '공존의 기초'가 구축되어야 한다.

우리 나라에서 이러한 문제를 일괄적으로 해결하는 첩경에는 무엇보다도 대통령의 강인한 리더가 요구된다.

6~70년대에 '우리도 잘 살 수 있다'는 슬로건이 진정한 해법을 찾았듯이 무엇보다도 먼저 대통령이 전 국민적 공감대를 이끌고 나아갈 화합과 공존의 기틀을 마련해야 한다.

그래서 반대를 위한 반대나 죽기 살기식의 흑백논리가 발붙일 여백이 없도록 해야 한다.

우리는 한국의 정치권이 모든 정의의 영양과 싹을 앗아가고 있다는 사실에 주목해야 한다.

만일 우리의 정치권에서, 우리 사회에서, 법치가 보장되고 진정한 소통의 정치, 소통의 사회 문화가 이루어지고 경제 부문에서는 상생의 관계가 형성되어 발전한다면 자연히 모든 부

문에서의 갈등과 대립은 점진적으로 '공존'의 길로 들어설 수
있을 것이다.

병역의무와
연평도

　우리 나라 남자로 태어나서 군에 입대하는 것은 내 나라, 내 백성을 지키기 위한 국방의 신성한 의무이다.

　헌법 39조에 '모든 국민은 법률이 정하는 바에 의하여 국방의 의무를 진다'고 되어 있듯이 국민 누구나 피해서도 안 되지만 피할 수도 없는 '의무' 사항이다.

　그렇지만 우리 사회에는 예로부터 온갖 수단을 다 동원하여 신성한 국방의 의무를 기피하는 사람들이 적지 않았음을 보아 왔다.

　가령 돈을 이용한다든가, 자신의 신체적 결함을 만든다든가, 유학이나 가정사를 이용하여 연기를 반복한다든가 하는 등 여러 가지 방법으로 병역을 외면하는 사람이 부지기수였다.

문제는 병역의무를 이행하는데 아무런 하자가 없는 사람들이 '합법을 가장'하여 면제 받는 경우가 허다 하였다는 것이다.

북한의 천암함 폭침과 연평도 포격 도발 이후 우리 나라는 사실상 전시나 다름 없는 남북 충돌의 위험이 전개되고 있는 절박한 상황이었다.

이러한 국가적 안보위기 하에서 우리의 주요 정치 지도자들 대부분이 병역면제자들이라는 사실이 알려지고 나니 '어째서, 왜, 어떻게'라는 논란과 함께 이는 실로 황당무계하고 아이러 니컬한 문제가 아닐 수 없었다.

이들이 모인 자리에서 국가 안위에 관한 일촉즉발의 위기문 제가 논의되었을 텐데 과연 제대로 슬기롭고 원만하게 수행되 었는지는 아직도 의문이 가는 대목이다.

어느 일간지 사회부 여기자는 당시의 칼럼을 통해 '자신이 군대 문전에도 못 가 본 문외한이라 연평도에 포탄이 오가는 실제 상황 하에 열린 편집회의에서 군사문제에 무지하다 보니 지레 자격지심에 말문이 막혔다'고 고백하였다.

병역면제의 정치 지도자들은 각기 합법적인 이유로 병역을 면제 받은 것은 엄연한 사실이다.

그러나 일반 국민의 정서는 이와는 사뭇 다른 견해와 감정을 갖는다.

어떻게 그 2~3년짜리 병(兵)도 근무하지 못한 사람들이 국가의 최상급 지도자들로 등극할 수가 있고 그 자리를 유지할 수 있을까 하는 문제이다.

과연 그 문제의 핵심 배경은 무엇이냐고 묻지 않을 수 없다.

국방의 의무를 충실하게 이행치 않은 사람들이 어떻게 출세 가도에 그렇게도 즐비하게 늘어서 있고 그들이 실제로 출세를 할 수 있었던 여건은 과연 무엇인지?

여기에는 아무도 확실한 답을 낼 수 없으나 정확한 답을 줄 필요는 없다고 본다.

사실 이번에 북한이 남한을 무력으로 대담하게 공격한 데는 김정일 후계체제 구축 등 절박하고 다급한 그들 나름대로의 내부 사정이 분명히 있다.

그러나 한 가지 분명한 것은 그들이 우리 남한의 현 상황을 훤히 꿰뚫어 보는 가운데 우리의 대응력을 깔보았을 것이라는 이유가 더 현실적인 계산이다.

실제로 연평도 포격전에서 우리의 정예 해병의 대응 자세는 우왕좌왕하였으며 허둥댄 모습으로 무기력한 면을 실증해 주었다.

저들이 무시할 수 없을 정도로 평시 우리의 군사적, 사회적 대비자세가 확고했다면 포대를 이용해 그렇게까지 무차별적이며 대규모로 연평도를 포격할 수는 없었을 것이다.

우리의 약점은 무엇이었을까?

첫째, 우리의 정치, 사회적 대립과 분열의 고질적인 한국병의 만성화이다.

무엇보다도 영남과 호남의 지역간 대립에다 범국민적인 좌우파간 이데올로기 전쟁이 그 단초를 이룬다. 여기에다 부자와 빈자간의 심화된 양극화 현상과 격화일로를 걷는 노사간 분쟁은 기름을 붓는 격이다.

이 정부 들어서서 미국산 쇠고기 파동을 계기로 촉발된 촛불집회는 국가안위를 위태롭게까지 하였으며, 더욱이 강부자, 고소영, 또는 지역 편중이나 연줄 등으로 대표되는 정부의 연이은 주요 인사의 난맥상은 국민을 크게 실망시켰고 정부에 대한 불신도 증폭시켰다.

또한 인사청문회를 계기로 쏟아진 정치인들의 각종 위법, 탈법, 편법의 비리행위는 국민들로 하여금 정치에 대한 실망과 허탈감에 휩싸이게 하였다.

둘째, 군의 사기 저하와 군기의 문란이다.

지난 좌파집권 10년 동안 정치 지도자들은 여러 가지 방법으로 군을 폄훼하고 홀대하는데 주력했다.

군은 정치화하여 정치권의 눈치만을 보며 군 본연의 임무보다는 자신의 진급 등에 전념하는 도그마적 함정에 빠지는 경향을 보여 왔다.

노무현 전 대통령은 군입대를 '썩는다.'는 표현으로 군을 평가절하기도 했다.

남북한의 휴전 상태가 계속 대치되고 있는 상황 하에서 휴전의 상대자인 북한은 분명 우리의 주적이다.

주적이 변할 수도 없고 북한이 변하지도 않았는데 좌파정권은 국방백서(國防白書)에서 북한이 주적이라는 개념을 아애 빼버렸다.

군은 누굴 보고 싸우라는 것인지도 모르는 가운데 이 정부에서도 북한의 눈치를 보고 이러한 국방백서를 고치지도 않았다.

'군은 사기를 먹고 산다.'고 하는데, 우리의 국력을 국방력 강화에 두어야 한다는 정치권의 강력한 시그널은 그 어느 곳에서도 찾아볼 수 없었다.

셋째, 국민의 안보의식의 해이이다.

좌파정부의 대북정책의 기조인 햇볕정책과 연이은 남북정상회담으로 북한에 대한 일반 국민의 적대감과 경계의식이 극도로 해이해졌다.

여기에다 좌파정부에 힘입어 이른바 친북세력 내지는 종북세력(從北勢力)의 대두가 현실화되었다.

이에 병행하여 전교조가 정치 세력화되고 이들에 의한 학교에서의 각종 친북적 교육으로 청소년들의 반정부적, 반민주주의적 사상이 배양되었다.

자연히 우리 국민의 결연한 안보의식은 온데간데 없어지고 안보 불감증에다 전쟁에 대한 공포감만이 증대되어 있었다.

오늘도 그리고 내일도 북한의 소위 '남조선 혁명론'은 한 치의 변화도 없다.

언제 어느 때이고 우리에 대한 북한의 국지전, 또는 전면전이 획책될지 그 가능성은 항상 우리 바로 옆에 존재하고 있다.

북한의 남한적화전략과 군비증강 실태를 보면 우리는 한시도 마음놓고 살 여유가 없다.

그런데 우리 국회는 엊그제 여야 간에 코피까지 흘리며 또 '난투극'을 벌리고 있다.

정말 이래도 되는 것인지…… 어쩐지 우리는 또 불안하기만 하다.

연줄문화의
만연

    며칠 전 국악을 하는 우리 집 딸아이가 국악원에서 독주회를 가졌다.

딸은 대 성황리에 독주회를 마침으로써 본인으로선 더없이 자랑스러웠고 영광스러운 일을 해냈다.

부모로선 딸의 성공적인 독주회 공연에 너무 기뻤고 딸의 모습이 마냥 대견스럽기만 했다.

딸은 고등학교 시절부터 국악을 전공하였다.

세월이 지나 알고 보니 국악 자체가 그렇게 쉬운 음악이 아니고 악기 중 딸이 전공하는 '해금'은 연주하기에 가장 어려운 악기였다.

딸이 국악을 전공하면서 거듭되는 국악 포기의 유혹이 있었음을 감안할 때 그 험난한 고난의 여정을 참고 견디어 내며 국악인의 길을 걸어 왔으니 이제는 '어느 정도 성공했다'고 자화자찬해도 무리는 아닌 듯싶다.

국악을 하는 사람들은 대부분 특정 지역 출신들로 편중되어 있다.

딸아이는 그래서인지 고등학교 시절부터 차별화에 시달리고 소위 '왕따'도 당했다.

취업도, 국악대회 입상도 제 능력을 제대로 인정 받지 못했음을 잘 안다.

그래도 지금은 고등학교 모교의 강사, 대학 모교의 겸임교수를 하고 있으니 그런 지역 차별을 자신의 실력으로 능히 극복한 셈이다.

예술계에 뛰어든 사람으로서 최고의 경지에 다다르기란 하늘의 별따기나 마찬가진 것 같다.

그만큼 어렵고 힘든 일이란 것은 누구나 잘 알고 있는 사실이다.

나는 내 딸의 경우를 옆에서 지켜 보면서 때때로 "국악계에 나의 튼튼한 연줄이라도 있으면 얼마나 좋을까"라는 생각을

가졌고, 만일 내게 훌륭하고 튼튼한 연줄이 있었다면 아마 무
슨 수를 써서라도 연줄을 이용해 딸아이에게 큰 도움을 주었
을 것이다.

　그러니까 나 또한 그렇게 연줄 이득에 목 말라 했던 그런
'소인배'에 불과하다.
　요즘 우리 사회에서 연일 시끄러운 '공정'이라는 화두에 견
주어 볼 때 나는 전혀 자유스럽지 못한 사람임을 자인한다.
　하긴 지금 우리 사회에서 공정을 힘차게 꺼내 들거나 또는
이를 계기로 언론매체를 누비고 외쳐대는 모든 사람들도 그들
자신의 내면을 자세히 들여다보면 공정이란 말에는 그리 떳떳
하지 못하고 그저 그렇고 그런 사람일 듯싶다.

　사실 출세욕으로 뭉쳐진 사람 앞에 성공으로 가는 연줄은
구세주인 것이나 다름 없다.
　성공 지상주의, 1등주의가 극도로 팽배해 있는 우리 사회의
현실에서 주변 연줄의 동아줄이 확실한 맥으로 잡힐 경우 패
자적을 감안히고 노력과 실력만이 살 길이라고 과연 그 연줄
을 과감히 외면할 사람이 몇이나 될까?
　내가 갖는 의문의 대목이다.

　군사정부 시절 TK에다 사관학교 출신의 동료가 자기가 가

고 싶은 부서로 수시로 마음대로 옮기던 일이 생각난다.

지금은 이런 정서가 많이 개선되었다고 보지만 연줄 끊은 인사, 공정한 인사가 자리를 잡았다는 징후는 어느 곳에도 없는 듯싶다.

미국이나 일본 등 선진국에도 연줄 인사는 있기 마련이다.

그러나 우리처럼 내놓고 대량으로 보라는 듯이 연줄 인사가 횡횡하지는 않는다.

개천에서 용 나오고 패자 부활전이 치러진다고 공정한 사회는 아니다.

위로부터의 솔선수범하는 깨끗한 정치가 모범을 보여주고 모든 것이 법치로서의 사회적 공정성이 보장되며 학교나 가정에서 정직이라는 인성교육의 토대가 제대로 이루어질 때 연줄 문화는 맥을 못 추고 불필요하게 된다.

그러면 우리의 꿈인 '공정한 사회'도 성큼 다가올 수 있을 것이다.

헷갈리는
세상

 90년대 중반 아들이 군에 입대하면서 군에 가는 길이 자기로서는 영 못마땅하다는 태도였다.

집에다 대놓고 던지는 말투로 "어둠의 자식은 군대 갑니다"라고 말하는 것이었다.

나는 그 말을 듣고는 무슨 말인지 몰라 어리둥절했지만 후에 이리저리 무슨 뜻인가를 파악해 보니 권력이나 돈 있는 사람들이 자기 아들을 병역면제나 방위로 돌리는데 그 축에 들지 못하고 능력 없어 군대 가는 사람을 가리켜 '어둠의 자식'이라 비하해서 말한 그들만의 유행어였다.

사실 그 때 그 시절 당시 병역의무와 관련하여선 강남에 사는 웬만한 사람들이 자기 아들을 방위로 돌렸음을 기억한다.

그 시절 병역 기피를 위한 비리의 범죄는 법을 떠나서 아무 스스럼없이 판을 쳐댔고, 그저 그런 것으로 우리 사회에서 보편화되어 있었다.

병역의무가 사회 문제화되지도 못하던 그런 시절이었다.

아들은 군대 가서 정신 차리고 새 사람이 되었다.

제대 후 재수하여 서울 유수대학에 입학하여 4년 장학생으로 졸업하고 대기업에 들어가 결혼도 하고 아들, 딸 낳고 잘 산다.

어떻게 보면 군대가 사람을 제대로 바르게 살려준 셈이다.

요즘도 운동선수, 가수, 배우 등 이름 날리는 사람들이 강제로 자기 몸에 상해를 입혀 군입대를 기피한 사실이 연이어 알려지고 있다.

또한 대통령으로부터 총리 후보자, 여당 대표, 국정원장을 비롯하여 여러 장관들이 병역 미필자임이 들어나고 있다.

이들은 분명 어둠의 자식이 아니라 '밝음의 인사들'인지는 모르겠다.

국방의 의무는 신성하다 하였다.

우리 나라가 이렇게 경제가 발전하고 민주사회가 유지되고 있는 것도 모두가 나라의 방위를 철통같이 지켜주는 군이 살아 있기 때문이다.

약삭빠르게도, 몰염치하게, 그리고 주저함 없이 출세 지상주의를 신주처럼 모시는 사람들, 군대 가기를 기피한 이런 사람들의 노력과 은덕은 더더욱 아닐 것이다.

요즘 사람들은 영화나 드라마, 소설 등에서 공정, 정의가 승리하는 것을 보고 열광한다.

왜일까. 현실은 그렇지 않으니까?

가공의 세계에서라도, 또는 꿈이지만 '현실화되었으면'이라는 소박한 바람에서 모두가 왁자지껄하며 희열과 감동을 함께 느낀다.

하지만 인간다운 삶, 나다운 삶을 꿈꾸는 허구일 수도 있다.

실은 그렇고 그런 얄팍한 양심을 지닌 사람들이 인생의 첩경을 발 빠르게 내딛어 잘 나가고 성공하는 것이 현실이다.

이들은 보통사람들을 지배하면서 엷은 미소를 띤다. "이 바보들아"라는 비웃음의 희열을 맛보면서 "역시 난 똑똑해"라고 중얼댈 것이 틀림없다.

하긴 잘 나간다는 으스름 대는 사람도 한 방에 꺼꾸러지든가, 벼랑으로 낙마하고 마는 사람도 숱하게 많기도 하지만, 무엇 때문인지 대부분 그런 사람들이 세상을 판치고 더 잘 사는 것 같다. 지금은 분명 21세기에 공정사회를 외치고 있는 세상인데도 말이다.

어느 길이 참된 길이고 바른 길인지 헷갈리는 세상임은 분명하다.

채소값
폭등의 주범

내 평생 올 2010년 만큼 이상한 날씨를 경험해 본 적은 없는 것으로 기억한다.

봄에는 100년 만의 저온 현상이더니 4월말에도 함박눈이 날리는 것을 목격했다.

여름 들어서는 고온다습한 장마철이 그칠 줄 모르더니 급기야 8월에도 한 달 내내 쉬지 않고 지긋지긋하게도 비는 내렸다. 이렇게 여름은 젖어 있었다.

급기야 8월 말에는 '곤바스'라는 희대의 폭풍성 태풍마저 휘몰아쳤다.

그래도 시원찮았던지 9월 들어서는 국지적 게릴라성 폭우가 중부지방을 여기저기 누비면서 쑥대밭을 만들어 놓기도 했다.

사람의 힘으론 도저히 극복할 수 없는 천재지변임이 분명하였다.

모두가 '지구 온난화'의 영향이라는 주장이 대세를 이루고 있어 사람에 의해 빚어진 당연한 인과응보의 업보이려니 했다.

하지만 "그렇게만 볼 수 없다"는 일부 기후학자들의 주장도 있긴 하다.

아무튼 한반도를 엄습한 날씨의 급변은 그 빈도와 강도 면에서 놀랍게도 예전 같지 않았고 천연덕스러울 만치 변덕스러움에 매몰참은 극에 달했다.

우리 모두는 대자연의 엄숙한 경고(?)에 그만 혀를 내두르고 말았던 것이다.

나는 한 3주 전에 성남 모란시장 종묘상에 가을 파씨를 사러 갔다.

어느 늙수그레한 할머니가 가게로 들어서면서 배추모종을 사러왔다고 하면서 "여보 내가 3번째 모종을 사러오는데 배추모종이 자라지도 못하고 잦은 비에 찌들어서 죽고 마는군. 이번으로 끝이어야 하는데, 내 원 참. 이런 경우는 내 농사에서 처음이야."라고 푸념을 하는 것이었다.

나도 텃밭에 배추모종을 사다 심었지만 여름장마에 절반 가량이 시들어 죽었다. 살아 있는 것조차 생기가 시원치 않아 벌레와 진딧물에 치어 죽어가는 것을 보고는 마음이 아팠다.

그래서 씨를 두세 번 다시 심어서 빈 곳을 메우려 했지만 이렇다 할 성과를 보지 못했다.

심어 놓기만 하면 그런대로 잘 자라던 얼갈이 배추와 열무도 잦은 비와 연이은 폭우에 잎이 제대로 자라지 못한 채 먹거리로 자라기는커녕 주저 물러 비틀어져 버리고 말았다.

날씨로 인해 귀해진 배추는 소위 '금(金)치'가 되었다.

내가 보기에도 야채 가격의 급등은 일찍이 여름부터 예상된 일이었다.

아무리 농사를 열심히 짓고 비를 피하는 하우스 재배에 주력해도 올 같은 폭염과 폭우, 우기의 장기화, 태풍기습 등의 날씨에는 재간이 없는 일이었다.

그렇지만, 이 정도로 채소값이 고공행진하리라고는 예상하지 못했는지……?

민심이 들먹이자 정부는 뒤늦게 중국산 배추를 수입한다고 난리다.

문제만 생기면 정부를 물고 늘어지는 세력은 여기에다 '4대강 때문'이라는 주장을 덮어 씌우기까지 한다.

어제는 서울 강남의 한 일식집에서 저녁식사를 하는데 상추

등 야채는 없고 데친 생강과 단무지에다 김치가 달랑 두 조각 나왔다.

식당의 사정을 익히 알고 있는 터라 야채 달라는 요구는 하지 못하고 양파만 달라고 사정하여 된장을 찍어 먹곤 했다.

그야말로 야채 재앙이 도처에서 벌어지고 있는 꼴이다.

채소 파동이 일어나면 으레 중간 상인들이 폭리를 취한다고 하여 이들이 싸잡혀 국민적 지탄을 받곤 한다.

농산물 거래시장에는 검은손이 수없이 많고 이들의 숨은 저의가 야채값의 등락을 좌우하는 것은 사실이다.

이를테면 유통업체와 공공기관들이 먹이사슬식으로 얽어져 야채값을 후려치고 농간을 부림으로써 순진한 농민을 울린다.

이번에 중간 상인들이 밭떼기로 1포기당 천 원에 산 배추가 시장에선 1만 4천원으로 둔갑한다니 어마어마한 폭리를 취하는 셈이다.

그러나 이것은 배추의 전체 물량이 워낙 모자라서 값이 뛰는 것이지 밭떼기를 한 사람을 나무랄 수는 없다.

그들은 풍작이 되는 해는 손해를 보기도 한다.

금년엔 대부분의 중간 상인들도 주부 못지 않게 울상들이라 한다.

야채는 생필품 중의 필수적인 생필품이다.

우리들 시장바구니에 값 때문에 야채를 사서 채우지 못하고 있는 것은 비극이다.

아무리 이 소란과 파동이 하늘의 뜻이라 하지만 정부로선 사전 대비가 너무 미흡했고 안일한 대응으로 일관한 것 같다.

억장이 무너진 농민의 마음을 다독일 대안은 무엇인지?

시장에서 채소값이 안정화되는 길은 어떤 것인지?

차제에 정부의 과감하고도 효과적안 대책이 나올 것인지 기다려 본다.

과잉정보 속에서
표류하는 실버들은

내가 갖고 다니는 핸드폰은 구닥다리 중의 구형이다. 그저 전화와 메시지 주고받는 것과 시간 챙겨 보는 것으로 제 기능을 다한다.

어쩌다 다른 기능을 익히기 위해 사용 안내서라도 뒤지게 되면 우선 그 책의 부피와 목차를 보고 놀라고 그 많은 기능에 머리가 영 어지러워진다.

핸드폰에 왜 이리 잡다한 기능이 많고 설명도 이리저리 복잡한지 알다가도 모르겠다는 의문을 가지게 된다.

그러니 지금의 진일보한 '아이폰'은 손에 쥐어 보지도, 사용해 보지도 않았지만 그에 저장된 정보사용 기능은 내 상상을 초월하고 있을 것임이 틀림없다.

실버들도 요즈음의 스마트폰 사용을 폭넓게 사용할 줄 알고 실제로 지니고 다녀야 새 시대에 적응하여 처지지 않고 자신의 정신적 건강에도 훨씬 좋다고 한다.

그러나 나날이 진보하는 문명의 이기에 대한 나의 생각은 아직도 복잡한 것은 싫고 단순 명료한 것이 마음에 드니 할 수 없는 노릇이다.

하긴 집에서 매일 접하는 방송도 그렇다.

케이블 방송을 보다 요금을 절약한다는 차원에서 Sky방송으로 바꾸었는데 채널 수 많기가 이만저만이 아니다.

그 많은 채널을 구비해야 방송 사업이 잘 되는가 본데 상품에 따라 130여 개가 넘으니 이건 정말 어이가 없다는 생각이 든다.

낭비가 아닐까. 필요한 것인데 내가 몰라서… 아니면 그것도 부족한데… 나로선 그건 아니라는 의문을 가져 본다.

아무래도 확인해 보니 내겐 불필요한 채널이 너무 많은 것은 사실이다.

인터넷의 주사이트인 '네이버'나 '다음'에 들어가도 그렇다.

넘치는 정보 속에 그만 질리고 만다.

필요하고 긴요한 정보가 너무 많아 헷갈리고 여기에서 정보의 양과 질의 옥석을 가리기란 더 더욱 어렵다.

내가 찾는 정보가 한 곳에 일목요연하게 정돈된 것을 쉽게 접할 수 있으면 좋은데 그렇지가 못하다.

전문적인 정보는 요금을 내야 접할 수 있고 그 정보가 너무 전문화되어 있어 보통사람들의 접근성을 저하시킨다.

일반인으로서 조금 깊이 있는 지식을 종합적으로 습득할 수 있는 정보는 부실한 편이다.

그저 넘쳐나는 것은 잡동사니 정보가 홍수를 이루고, 이를 섭렵하다 보면 머리는 어지럽다.

현대는 사실 무한한 정보를 요구하고 있다.

핸드폰이나 TV방송, 인터넷은 우리들의 이런 다양한 요구와 용도에 걸맞게 모든 것을 갖추려 하고 있다.

그러나 넘쳐나는 과잉정보는 그의 경제적 손실은 물론 사용자의 선택을 어렵게 한다.

또한 너무나 쉽게 접할 수 있는 무한정보와 이들 매체 사용의 남용은 상례화되어있다.

역으로 일반서적이나 문헌에 대한 홀대로 번져 개인의 집중력과 창의력을 저해시키고 만다.

사실 우리들이 이들 매체에 접근하기란 개인의 능력에 따라 천차만별이다.

특히 실버들은 정보의 홍수에 지레 겁을 먹기가 일수이고 핸드폰, 인터넷 이용에 있어서도 일부 난해한 문제에서의 세부적인 기술 습득도 그렇게 쉬운 것이 아니기 때문에 소극적이며 포기하게 되기 쉽다.

더욱이 이들 기기 자체가 실버들에 대한 배려는 너무나 미흡한 실정이다.

한 예로 케이블 방송의 실버TV는 어느 실버들을 대상으로 했는지 실버들을 무시하는 색채가 짙고 어느 면에선 아주 유치하기까지 하다.

핸드폰, TV방송, 인터넷이 개개인의 특수사정을 다 만족시킬 수는 없다.

하지만, 그 많은 정보와 이용 방법은 좀 더 간략하고 다듬어진 내용으로 사용자의 특수한 사정을 배려할 필요가 있다고 생각한다.

정보화, 세계화 시대에 시대를 따라잡는 개인의 능력 창출은 절대적이다.

더불어 개개인의 능력과 취향에 적합하고 부합하도록 콘텐츠 개발도 보다 창의적이고 실용적이었으면 좋겠다.

입춘에
띄우는 글

 P형! 아파트 베란다에 드리우는 햇살은
그의 따사로움으로 완연히 봄을 알리고 있는 듯합니다.
나도 움츠렸던 겨울의 너울을 벗어던지고
이제 완연한 새봄을 맞이할 채비를 서서히 해볼까 합니다.

그러나 우리들 주변은
암울한 겨울 코트가 겹으로 걸쳐지고 있는 느낌입니다.
국제적 금융위기로 얼룩진 경제난은 말할 것도 없고
연세살인에다 용산 참사다 촛불집회 등등
연이은 대형 사건들은 꼬리를 감추지 못하고 있습니다.

국회는 난장판의 정쟁으로 연일 얼룩지고
사회 곳곳에 사이코패스의 흉기가 난무하고 있는데,
모두들 두려움을 갖고 지켜 보고만 있는 듯합니다.

지난 달 우리 나라의 수출은 −32%라는
최악의 수치를 보였습니다.
선진국들은 그래도 모두가 물가하락을 보이고 있는데,
우리만이 유독 생필품 등 모든 물가는 오름 행진을 지속합
니다.
소위 중산층이라 자위하는 사람들,
집 사고 펀드 들어 이젠 지폐 한 장 만지기도 어렵게 되었
나 싶고
시장 상인을 비롯한 영세업자들의 곡소리는
여기저기서 천지를 진동하고 있는 것 같습니다.

P형! 한강의 기적은 멈춘 것인가요?
기적을 이루어 경제가 발전하면 무엇 합니까?
우리 국민의 국가 만족도는 물론 생활 만족도가 주요 국가
중 최하위를 이루고 있습니다.
지도자 때문인지, 교육의 문제인가, 애국심의 결핍인지, 생활
이 어려워져서일까요?
정말 P형과 함께 우리가 그 옛날 보릿고개 시절

야근으로 지새우고 1년 내내 휴가도 없이 일했던 그 때
배고픔에 허우적거렸어도 희망과 꿈을 안고 살았습니다.

불전을 보면 '모든 재앙은 헛된 욕망'에서 온다고 했습니다.
정말 우리가 어렵고 어렵다고 소리 지르고 억지 쓰고 있는
데 이 아우성은 정말 경제 문제에서 비롯된 것입니까?
경제 문제만 해결되면,
주머니만 풍족해지면 봄은 오는 것입니까?
MB대통령은 엇그제 내년이 되면
'우리 경제가 좋아질 것'이라는 확신을 피력했습니다.
말대로 경제가 좋아졌다고 칩시다. 재앙은 물러갈까요?
P형! 온난화의 요인인지 일기는 벌써 봄입니다.
하지만 우리의 봄은
우리 모두가 모든 탐욕의 굴레를 벗어던지지 않는 한
우리의 봄은 찾아오지 않을 것입니다.
내가 정말로, 우리 모두가 이 나라에 사는 것이
자랑스럽게 느껴지고
언제인가 떠난 P형과는 달리 외국으로 떠나고 싶지 않을 때
바로 그때 찾아 온 봄이 진정 우리 마음의 봄일 것입니다.
P형, 환절기에 건강 조심하세요.

낙엽에
띄우는 편지

 P형!

날씨가 제법 싸늘해 졌소.

아파트 단지를 물들게 한 오색 단풍이 우수수 떨어지는 구료.

흩날리는 낙엽 자락엔 모는 고뇌의 흔적이 새겨져 내리는 듯하오.

바람결에 밀려 시멘트 바닥을 이리저리 헤매다간

아무런 의미도 없이, 누구의 보살핌도 없이,

자신의 의지와는 아무런 상관도 없이

화단 한 구석에 아무렇게나 내동댕이쳐 쌓여지고만 있소.

벌써 앙상한 가지만 남은 나무도 간혹 보이니
겨울이 성큼 우리 곁에 다가온 기분이오.
마음은 이내 아무도 없는 빈 뜰같이 삭막해지지만,
지난 달 당신과 둥그런 연탄불 화덕에 삼겹살 먹으며 나눈 옛정이
아직도 내 마음을 곱도록 안정시켜 주는 듯하오.

늦가을 초저녁 하늘에 별은 유난히 빛나고
차디 찬 바람 내 옷자락 휙휙 스치며 지나가니
낙엽 지는 소리, 낙엽 밟는 소리 사각사각, 버스럭버스럭
무서우리만치 내 귓전에 파고들어 울리는 구료.
이렇게 또 한 해가 간다고 생각하니
텅 빈 마음, 둘 곳 없어서인지
손에 잡히는 것 없이 분주한 마음만 앞서오.

지난번 P형이 한국에 와서는 내 나라 한국이
너무나 많이, 전보다 획기적인 발전을 했다고 칭찬하였지요.
"이렇게 변할 줄은 정말 몰랐다"고 놀란 표정을 짓고는
"서울은 아주 깨끗해졌고 지하철이 너무 좋다"고 하면서
당신 조국인 한국을 치켜세울 땐
내 마음 이상하게도 야릇한 기분에 무척 좋았다오.
내가 생각해도 내 나라는 많이 변했고,

지금도 속도감 있게 변하고 있소.

곧 서울에선 주요 20개국 정상회의가 열린다오.
P형! 우리가 60년 전 같이 경험했듯이
그 때의 전쟁의 잿더미에서 이젠 세계 10위권의 경제대국이
되었고,
지금 이렇게 20개국 정상회의를 개최하는 의장국이 되었소.
'한강의 기적'이란 찬사가 쏟아지는 가운데
세계의 이목은 한국을 집중 조명하고 있소.
국민소득 100$의 최빈국에서 2만$이 되는 자동차, 선박, 반도
체 강국이 되었으니 그럴 만도 한 것이오.
국가 경제는 발전해 나가지만 중산층이 계속 무너지고 서민
의 경제 사정은 더욱 악화되고 있다오.
빈부격차가 확대되면서 빈자의 상대적 박탈감을 더욱 증폭
시키고 나만, 내 새끼만 잘 되면 그만이라는 자기 중심적 이
기주의가 판을 치고 있는 세상이라서 장애인 시설, 화장장,
방사선 폐기물 시설은 자리를 못 찾고 있소.

P형! 그래도 희망을 잃지는 않고 있음을 보오.
당신이 지난번 서울에서 보았듯이
서울 거리를 메운 시민들의 눈에는
잘 살겠다는 불빛이 여전히 번쩍이고 도서관을 메운 학생들

은 오바마 대통령이 칭찬할 정도로 열심히 공부하고 있다오.

우리 국민은 부지런하고 성실하며 열심히 일하고 있으니 걱정 마오.

우리 희망을 가집시다.

유치원생의
사교육

 우리 집 손녀는 매일 영어 유치원에 다닌다.

더하여 피아노, 미술, 수학을 따로 일주일에 한 번씩 전문 선생에게 레슨을 받는다고 한다.

어린아이에게 무엇을 바라고 이 난리는 치는지… 내가 보기엔 그야말로 점입가경의 가관이라 아니할 수 없다.

문제는 우리 손녀만 그런 것이 아니고, 요즘 이런 경향이 대세이고, 전혀 이상하지 않다는 것이 사회 일반의 인식이다.

한참 뛰어놀기에도 바쁜 아이에게 부모로선 무엇을 바라고, 어떤 유의 사람이 되라고 그러는 것인지?

벌써부터 그런 어마어마한 사교육을 비싼 수업료 내고 어린 아이에게 뭉텅뭉텅 씌우고 있는지 알다가도 모를 일이다.

아들 내외가 사는 곳이 그 유명세를 치르고 있는 강남의 대치동, 강북의 중계동도 아니다.

수도권 변두리 촌의 한 아파트 단지일뿐 소문난 교육특구도 아니다.

그런데 놀랍게도 이런 어린이 사교육 풍조가 만연하고 있다는 사실은 사실 심각한 사회문제가 아닐 수 없다.

더욱이 며느리는 고등학교 현직 교사이다.

선생이기 때문에 그렇게 자식 교육에 일찍부터 올인하는 것이라면 할 말은 없다.

하지만, 내가 지니고 있는 보통의 상식적 견해는 그게 아니다.

적어도 선생님으로선 그렇게 사교육에 전념해서는 안 되는 것이며 더군다나 사회, 역사 선생인데 오히려 더 자제해야 되는 것이 아닌가 하는 생각도 든다.

하긴 여기에서 더 큰 문제는 내가 시아버지로서 '며느리의 처사는 옳지 않다'는 것을 인지하면서도 고치라고 나무라지 못하며 묵인할 수밖에 없다는 나의 방관된 태도이다.

하지만 우리 집 시어미는 애들 일에 절대로 간섭하려 들지 말라고 거듭 경고한다.

애들의 교육 문제에서 설사 큰 잘못이 있다고 생각하더라도 못 본 척하고 대충 넘어가라는 분부이다.

특히 며느리의 자존심을 크게 상하게 하거나 가슴에 못이라도 치는 말은 하늘이 무너져도 하지 말라는 것이 평소의 일관된 아내의 지침이기도 하다.

부모는 아무래도 정보가 부족하여 애들 일을 잘못 판단할 수 있다.

또한 구세대이니 우리의 현 사회적 교육현실을 바르게 인식하지 못할 수 있다.

구태여 나는 "며느리를 나무라지 말라"는 아내의 성스러운(?) 경고를 거슬러서는 좋을 것도 없다는 입장이다.

나의 보수적 고집을 며느리에게 밀어 세워보았자 좋은 소리 못 듣고 내 생각대로 이루어질 가능성도 전혀 없다.

며느리는 자신의 어린 딸을 사교육 지옥으로 밀어 넣는 것이 좋지 않다는 점을 익히 알고는 있을 것이다.

하지만 내 아이만 뒤처져서는 안 되고 남과의 경쟁에선 오로지 앞서 가야 한다는 절체절명(絕體絕命)의 명제에선 며느리도 어쩔 수 없는 일이다.

며느리는 누구보다도 평준화로 대표되는 공교육의 부실 내용을 직접 눈으로 보고 체험하여 확실하게 알고 있을 것이며, 결국 내 딸만은 공교육의 피해자로 만들고 싶지 않다는 부모의 입장이기도 하다.

며느리가 유치원생인 딸의 교육에 몰입하는 데는 먼 훗날을 내다보는 딸 교육용 장기 전략이 포함되어 있다고 말할 수 있을 것이다.

이를테면 딸이 좋은 대학을 다닌 후 좋은 직장을 얻기 위해선 유치원부터 목표를 정하고 올인해야 한다는 것이 며느리의 계산일 것이다.

여기에는 딸이 적어도 외고나 과학고를 거쳐 일류대학을 나와야 되고, 그래야 사회에서 성공한 사람으로 클 수 있다는 엄마의 고유한 강박감이 작용하고 있을 것이다.

애들 대학입학을 위해선 엄마의 정보력과 아빠의 이해력이 관건이지만 할아버지의 경제력도 중요한 역할을 한다고 한다.

할아버지인 내가 경제력으로 크게 보태 주지는 못할 망정 딸의 장래를 위해 성심성의껏 투자하는 것을 억눌러 강제로 막지는 말아야 한다.

사실 지금의 유치원생인 손녀에겐 입시용 교과목보다는 사람을 만드는 인성교육이 더 필요한 시기이다.

사람은 어린 시절에 도덕적, 윤리적 감성의 토대가 제대로 배양되어야만 성인이 되어서도 그의 인간다움이 발현되고 유지된다.

그런 사람이야말로 성공한 사람으로서의 성공의 열매도 맺을 수 있다.

하지만 오늘날 우리의 교육 현장에서 부모들의 넘쳐나는 조바심을 고려한다면 부모들이 애들의 공부보다 인성교육을 우선하기란 거의 불가능한 일이라 하겠다.

지금 정부 교육정책의 핵심은 사교육과의 전쟁이다.

수능시험의 개선, 입학사정관제의 도입 확대 등도 사교육 완화를 겨냥하고 있다.

그러나 아무리 좋은 제도를 도입하고 기존의 잘못된 정책을 개혁하더라도 공부의 세계에서는 사람 능력의 차이에 따라 우열이 있고, 노력에 따라 변하게 마련이다.

그렇기 때문에 누구나 열등의 처지가 안 되기 위해 사교육이란 온갖 수단을 모두 동원하여 '우등의 위치'로 오르려 애쓴다.

우리 나라와 같이 국토는 좁고 인구가 많은 나라에서 그리고 '빨리 빨리'와 '남을 이겨야 한다.'는 가치관만이 판치는 나라에서 민주 사회가 발전하고 경제가 더 발전하더라도 경쟁관계는 점점 더 치열해질 수밖에 없다.

우리에게 사교육이 줄어들 여지는 전혀 없는 것 같다.

사교육의 범람과 사람의 인간성과는 반비례한다고 하는데

입시와 사교육에만 매달리는 우리의 교육 현실은 어린이들의 무한한 꿈을 앗아갈 뿐이다.

누가 이 깊은 수렁에 빠진 한국 사교육의 중독성을 해소시켜 바로 잡아줄 것인지, 선생님들은 알고 있을 텐데. 아니다 그 누구도 모르는 것은 아닌지?

예술가의
길

 막내딸 아이가 예술가의 머나 먼 길을 뚜벅뚜벅 걸어
가고 있다.

그녀가 국악을 시작한 지는 20여 년이 가까워 온다.

우여곡절의 험난한 고생길의 긴 터널을 지난 듯하지만 아직
도 어려움의 온갖 가시밭길을 벗어나지 못하고 있는 것 같다.

부모로선 옆에서 지켜보기에 너무나 안타깝고 마음 아픈 나
머지 "애야. 이제 모든 것을 포기하지."라고 말하고 싶지만 이
내 말하지 못하고 지낸다.

본인이 어쩌다 하는 이야기인즉 "지금까지 바친 열정이 너

무 억울하고 아까워서 포기할 수 없으며 국악에 얽매인 이 끈 줄을 애써 이렇게 잡고 있다.”고 잘라 말한다.

그래서 국악과 현대 음악을 섞은 ‘퓨전음악’ 만들기에 주력하면서 언제인가는 “나도 해뜰 날이 있겠지”라는 막연한 기대를 하며 오늘도 해금가락을 붙들고 연습을 한다.

그래도 딸아이는 고등학교, 대학 동창 중에서 제일 잘 나가는 셈이라 한다.

여러 악단 단원에, 모교 고교강사, 대학강사, 겸임교수 등을 역임했고 작품집도 2집 내고, 그런 동안 수차례의 협연과 독주회도 가졌다.

하지만, 그 모든 것이 경제적인 지출의 여정이었을 뿐 그 많은 노력과 투자에도 불구하고 수익은 어느 경우든 용돈도 안 되는 수준이었다.

원래 예술가의 길은 ‘고난의 길’이라 한다.

세계적인 명성을 갖고 있는 사람도, 무명의 예술인도 어려움은 마찬가지다.

다만 유명인은 명예를 얻고 경제적인 여유가 있겠지만 이를 유지하기 위한 정신적, 육체적인 고통은 무명인보다 더 클 수 있다.

예술계는 음악하는 사람만이 아니라 문인, 화가, 배우들도 마찬가지며, 연극이나 뮤지컬하는 연예인은 더 심하다고 한다.

물론 예술하는 사람이 돈을 바라고 그 업에 뛰어든 것은 아니고, 비록 백수의 삶이나 다름없어도 본인이 원하는 길이긴 하다.

하지만 예술과 생계는 별개의 문제가 아니라 분리될 수 없는 삶의 그 자체이기도 하다.

정부는 이런 예술계의 어려운 점을 익히 알고 국가의 문화, 예술계를 육성 발전시키기 위해 문예진흥기금을 마련하여 문학, 영화, 연극, 국악 등 각 부문에 지원을 해주고 있다.

그러나 극히 제한된 부분에 적은 액수의 기금이 분배될 뿐이고, 여기에도 지연 학연 등의 연줄문화가 강하게 작용한다고 한다.

더욱이 지원금의 수준은 예술계의 어려운 상황에는 마치도 '언 발에 오줌 누는 격'에 불과한 것이 사실이라 한다.

그래도 우리 젊은이들은 늘 유명 연예인들을 보고 열광한다.

인기 연예인들의 외면에 나타나는 그들의 멋과 화려한 생활만을 보고 청소년, 소녀 대부분은 유명 연예인이 되고 싶다는 꿈을 거침없이 표출하고 갖는다.

유명한 탤런트, 가수들이 현실적으로 겪는 정신적 물질적 고통을 이기지 못하고 우울증 등으로 연이어 자살해도 연예인이 되려는 열기는 식을 줄 모른다.

그들은 연극이나 뮤지컬, 오케스트라나 오페라 공연장 등은 잘 찾지 않아도 영화관이나 콘서트에는 분주하게 찾아 다님을 본다.

우리 나라 예술가의 62.8%는 월수입이 100만원 이하라고 하는 보도가 있다.

방송, 영화 부문의 연예인도 주연, 조연급을 빼고는 모두가 생활금도 벌지 못한다고 한다.

가수들도 인기인을 빼놓고는 주 수입처가 밤무대라고 한다.

문인, 화가들도 유명인을 제외하면 작품으로 호구지책을 연명하기는 어렵다.

여기에다 실로 국악인은 이를 거론하기조차 어려운 실정이다.

불후의 명작, 위대한 걸작은 예술가 본인의 힘으로 만은 부족하다.

그러한 작품은 예술을 아끼고 사랑하는 범시민적, 범국민적 풍토와 후원에서 그의 기초가 마련되는 것이기도 하다.

여기엔 책 한 권이나 공연장 티켓 한 장의 구입도 큰 후원이 됨을 알아야 한다.

| 제 2 부 |

삶의 바른 길

또 한해를
보내면서

올해도 어김없이 연말이 지나가고 있고 곧 2011년 새해가 시작된다.

뜬금없이 불현듯 지난 한 해를 돌이켜 보고픈 마음에 나를 뒤돌아 보며 무엇을 했고, 지금 무엇을 하고 있는지. 또 새해에는 무엇을 할 것인지를 가늠해 본다.

지금까지 그렇게 살아왔고 그런 대로의 삶으로 굴러왔는데 새삼스럽게 새로운 것, 의미를 가진 것, 가치 있는 것들을 들먹여 봤자 내 자신이 소용 없으리란 것을 너무나도 잘 알고 있다.

그래도 연말과 새해를 가만히 앉아 맞이할 수는 없다는 나대로의 절박감도 느끼고 있어 이렇게 무엇인가 내 속내를 탐색하여 내 것을 들추어 보려는 것이다.

우선 내 자신이 지난 한 해도 또 찌든 욕심의 굴레에서 벗어나지 못했다는 자책감이 깊다.

그것은 ‘돈’이란 문제에서 비우지도 자유스럽지도 못했다는 것이다.

오래 전부터 나는 로또복권을 사지 말자고 다짐하고 실천해 왔건만 그걸 못 참고 일확천금을 노리는 복권을 올해도 두어 번 사고 말았다.

이는 내가 나를 보아도 노욕이며 지나친 돈 욕심의 발로이 었음을 부인하지 못한다.

또한 그나마 조금 갖고 있는 내 돈도 제대로 쓰지도 못하고 마음만 앞서기도 했다.

올해 폭설, 폭풍, 장마 등 그 많은 쓰나미적 자연재해가 우리 나라를 연이어 덮쳐왔건만, 고작 ARS 두 번 이천 원으로 끝내고 말았다.

연말에는 고등학교 동창회에서 후배를 위한 장학금 500만 원을 내려고 하다 나의 소심증이 작용해서인지 그만 주저하여 이름 석 자를 올리지 못하였다.

다음으로 건강을 위한 절제의 결심이 충실하게 이행되지 못 했다는 점이다.

‘술은 절대로 과음하지 말자’는 나의 확고한 결심이 어느 정도 지켜져 왔다고는 생각하나 때때로 몇 번에 걸쳐 이를 잊고 술에 그만 지고 말아 건강을 많이 해치고 말았다.

또한 과로가 나쁘다는 것을 익히 알고 있어 조심했으나 텃밭농사(150평)를 하던 중에 김장 배추, 무를 심다 허리를 다쳐 3~4개월 고생을 했다.

건장한 체력이 못되어 5년 전에도 디스크로 뼈아픈 고통을 했건만 이를 잊어 반복하여 병을 자초하고 말았다.

끝으로 글쓰기의 내 실력과 수준을 넘나들어 지나친 과욕을 부림으로써 실패라는 쓴맛을 보았다는 것이다.

수필 나부랭이나 쓰다가 이래서는 안 되지 하고 소설 창작 작업에 몰두해 보았으나 "아! 이건 내 능력으론 안 되겠구나." 하는 절망감만을 안겨주고 말았다.

많은 준비도 없이 소설을 쓰겠다고 뛰어든 졸장의 당연한 낭패의 결과임이 분명하다.

그럼에도 불구하고 언론에 공개되는 그 숱한 작가상을 보고는 주책없이 부러움과 '나도'라는 허망한 꿈을 갖곤 했다.

'실패는 성공의 어머니'라는 단순한 메시지를 떠올리며 내가 이렇게 긴깅하게 살아있고 앞으로도 더 살아갈 것이므로 나는 다시금 2011년 새해의 희망을 다음과 같이 조용히 다짐해 본다.

첫째로, 새해에는 이 세상에 조금이나마 필요한 사람이 되도록 노력해 보자.

자신을 다 써먹은 사람, 쓸모 없는 용도폐기라고 여기면 할 일이 없어진다.

나만을 위한 사람이 아니라 누구인가에 고마움을 주는 사람, 그리고 희망을 주는 그런 사람이 되도록 마음을 다시 한 번 다잡아 보련다.

내 식구에게는 물론 내 친구에게도, 어려운 사람에게도 내 힘이 닿는 데까지 희망을 주도록 포기함이 없이 끈기를 갖고 사랑을 나누는 ‘실천을 위한 마스터 플랜’을 세워보도록 한다.

둘째로, 누구에게나 무엇에게나 감사할 줄 아는 사람이 되도록 노력한다.

내가 하루 밥 세 끼 먹고, 잠 잘 자고, 살아 움직이고 있고, 전철 계단을 누구의 도움 없이도 오르락내리락 할 수 있으니 너무 고맙고 감사할 뿐이다.

내 능력, 나의 현실, 나의 가치에 항상 고마움을 가지면서 절대로 남과 비교하는 우를 범해 상대적 빈곤감을 갖거나, 내 잘못을 남의 탓으로 돌리는 일이 절대로 없도록 노력한다.

셋째로, 조금은 마음을 풀고 고집은 줄이며 말을 더욱 조심하도록 한다.

나이 들어 제일 나쁜 모습은 남에게 보이는 나만의 아집과 독선을 버리지 못하는 것이다.

말도 뇌의 순환이 원활치 못해 막말을 뱉어버리기 쉬운 점을 막아야 하며 특히, 상대의 감정을 상하는 말은 절대로 하지 말아야 한다.

가급적 듣는 쪽에 치우쳐 상대를 칭찬하도록 한다.
무엇보다도 악의 근원인 '욕심'을 버리는데 최선을 다한다.

감사하며
주는 마음

 지난 달 나의 고등학교 졸업 50주년 행사가 있었다.

모교 교장 선생님과 총동창회장을 비롯하여 선후배님들을 모신 가운데 기념식은 당초 예상보다는 성대히 거행되었다.

실업계 공업고등학교라 모든 사정이 여의치 않은 관계로 모교 강당에서 간단히 하자고 하였으나 막상 기념행사를 치르고 나니 그리 간단치는 않았다.

나는 동료들의 권고로 준비위원장을 맡게 되어 전반적인 행사 계획부터 운영비를 모금하고, 그날의 기념식을 주도하다 보니 어려운 고비도 만만치 않게 접하게 되었다

행사를 무사히 치르고 나니까 허탈감에 심한 몸살 감기까지

덮치어 무척 고생을 했다.

며칠간 몸은 몹시 아팠지만 그래도 '참 잘했다'는 생각에 한결 마음은 흐뭇했고 기뻤으며 홀가분한 느낌에다 금세 생기까지 돋아나는 듯했다.

사람은 "보람 있는 일을 하면 하늘이 돕는다."는 말이 새삼 머릿속을 맴돌았다.

기념행사를 준비하는 과정에서 여러 친구들을 두루 만나 보니 어느 땐 즐거움도 있었지만, 한편으론 짜증과 함께 화 나는 일도 잦았다.

모두가 내 마음 같지 않아 무턱대고 반대하는 사람도 있는가 하면, 진정 어려운 가운데도 물심양면으로 도움을 주는 고마운 친구들도 많았다.

돈도 많이 벌고 비교적 출세했다는 친구들이 처음부터 50주년 기념행사에 부정적인 시각을 갖고 외면하는 경우도 있어 안타까웠다.

물론 공고를 나왔다는 것 자체가 자기들로서는 지우고 싶은 흠집으로 생각하는 것 같았다.

지난 시절 사회생활에서 공고 출신으로 대접 받지 못한 온갖 설움과 이번 50주년 기념행사와는 별개이지만, 그들은 자기 기억에서 공고를 지워버리고 싶은 모양이었다.

그렇다고 자기의 신분이나 인격이 올라가는 것도 아니고 졸업명부에서 지워지는 것은 더 더욱 아닌 데 "그래도 나는 싫다.”는 것이 그들의 속마음인가 보다. 나는 이 친구들이 만일 ‘감사하고 주는 마음’을 갖고 산다면 이럴 수는 없을 것이라는 순수한 생각을 가져보았다.

우리는 지난 시절의 선생님들을 찾는 작업에 상당한 어려움을 겪었다.

선생님을 어렵게 찾아 내어 연락이 되어도 전화마저 주고받기가 어려운 분이 있었고 전화로 집주소를 말씀해 주는데도 이랬다저랬다 하는 분도 있었다.

우리는 고교시절 당시 50여 명의 선생님들에게 배움을 가졌는데 살아계신 분이 고작 8분으로 파악되었다.

이번 행사에 7분을 모셨는데 친구들은 “대 성공이고 수고했다.”는 인사를 빼놓지 않았다.

기념식에 참가한 70여 명의 동창들 중에는 50년 만에 만나는 친구도 있어 전혀 얼굴에 대한 기억조차 나지 않는 경우도 많았다.

미국에 사는 친구들도 3명이나 참석하여 함께 자리를 빛내주었다.

기념식이 끝난 후엔 모두가 한마음이 되어 서로 술잔을 나누며 지나온 세월의 못 다한 정을 풀고 우의를 다짐했다.

선생님들과는 손을 마주잡고 50년 전의 옛일을 들먹이며 그때 옛 시절의 누구임을 애써 기억해 내려고 노력하는 모습에선 애처롭기까지 했다.

선생님 중에 가장 건강하신 분은 국어 선생님과 영어 선생
님이셨다.

국어 선생님은 후에 대학 교수로 유명한 소설가로 이름을
날리신 분이다.

모두 90세 전후가 되었는데 공교롭게도 키가 작은 분들이었
고 알아보니 대부분 무엇인가 지금도 사회활동을 하고 계시는
분들이었다.

선생님들을 보고는 키가 작은 사람이 비교적 키 큰 사람보
다는 장수한다는 생각이 들었고 자기 생활에 만족해 하고 긍
정적인 생각을 갖고 일하신 분이 오래 사시는 것 같았다.

어느 분은 친구들의 부축을 받고 행사에 참석하셨지만 선생
님들이 모두 즐거운 표정을 짓는 있는 데는 놀라움을 금치 못
했다.

나는 기념사를 통해 은사님에 관해 이렇게 말하였다.

"저희들 모두가 70세가 되고 보니 저희를 가르치던 선생님
들 대부분이 타계하셨고 생존해 계신 분 몇 분을 여기에 모셨
습니다. 지금 생각하니 선생님들 살아계실 때 더 찾아 뵈옵고
그 보은에 보답하지 못한 것이 그지없이 죄송할 뿐입니다. 이
자리를 빌려 다시 한 번 더 사죄의 말씀을 드리는 바입니다."

우리는 은사님들에게 기념품을 전달하였다.

선생님들이 거동이 불편해 직접 자리에 일일이 찾아가 전달
하면서 나는 우스갯소리 삼아 이렇게 말했다.

“선생님들께 좋은 기념품을 마련하려 했으나 누군가 현금이 좋겠다고 하여 적은 금액이나마 현금을 준비했습니다.”

우리들 모두는 선생님들에게 봉투를 드리면서 그 분들의 불편하신 몸에 우리의 정성어린 마음이 다 녹아내려서 선생님들에게 새 힘으로 솟아날 것이라는 충정어린 기대를 가졌다.

50년이 지난 세월이지만, 우리는 선생님들의 은덕에 진심으로 ‘감사하고 보답하는 마음’으로 모두 머리 숙여 선생님들의 건강을 기원했다.

공고인 모교에는 생활이 어려운 학생들이 의외로 많다.

우리는 큰 돈은 아니지만 모교 발전기금과 장학금도 전달하였다.

모교의 졸업생 중에 우리가 처음으로 졸업 50주년 기념행사를 하는 것이므로 우리는 좀 더 의의있는 일을 택해야 했고 후배들에게는 모범을 보여야 한다는 생각이 앞섰기 때문이다.

또한 모교의 발전을 위해서는 모든 행사가 기념식으로만 끝나서는 안 된다는 우리들의 ‘감사하고 주는 마음’이 간절하기도 했다.

모름지기 “은혜에 대한 보은의 길을 잊어서는 삶의 의의가 없다.”는 말에 공감을 갖는다.

한평생을 놓고 보면 고교생활 3년은 아무것도 아니지만 누구에게나 그 3년의 공간이 인생의 갈림길을 정해 주는 아주 중요한 시기임은 분명하다.

우리는 그 때 그 시절의 아름다운 추억을 결코 잊을 수 없
는 것이다.

중용의
미덕

요즘 직장에 다니는 아들이 직장에서 특별나게 좀 잘 나가는 모습을 보인다.

아들은 직장 상사로부터 두터운 신임을 받고 있다고 의시대면서 자기 부서에서 일을 잘 하는 사람으로 높이 평가받고 있다는 자랑도 해댄다.

부모로서는 이를 보고 들으면서 자식 키운 보람 있어 좋고 즐거운 마음으로 이리저리 자랑도 하고 싶어 칭찬해 줄 일이긴 하다.

하지만, 왜 그런지 극도로 경쟁이 심한 인생살이에서 아들이 얇은 빙판 위라도 걷는 것처럼 나에겐 걱정스러운 느낌에다 심한 불안 심리도 감돌고 있음을 피할 수 없다.

나의 사견이지만 요즘 젊은이들은 무엇이든 '무겁게 간직함'이 부족한 것 같다.

그저 제 잘난 맛에 산다고들 하지만 옆에서 지켜보기엔 너무 가볍게 처신하는 것 같고 자기 자랑만이 넘치는 자세로 호들갑을 떨어댐을 보게 된다.

참지 못하고 지니지 못하며, 더불어 감싸지 못하고, 겸손이나 겸허한 마음을 갖지 못하며 무엇이든 자랑거리라고 들어내기를 좋아하는 것이다.

사람이 지닌 진정한 가치는 들어내 보이고 자랑한다고 해서 존재의 가치가 지닌 내면의 무게를 입증하는 것은 아니다.

오히려 누구든 이런 과시형에 집착할 경우, 100원이란 자기 기본 자산이 50원으로 삭감되는 것을 미처 모르는 것이나 다름없다.

사실 옛날 직장생활을 돌이켜보더라도 능력있고 잘 나가며 선택 받은 친구가 주변의 큰 부러움을 사게 마련이다.

그러나 이런 사람일수록 남을 무시하고 자기를 과시하며 어깨를 늘 들어 세운다.

그만 제풀에 아니면 또는 남의 끈덕진 견제공세에 오래 가지 못하고 빛은 바래고 만다. 물론 이런 사람도 출세하는 예가 있긴 하다.

튼튼한 동아줄 배경에다 학연, 지연, 혈연으로 끈덕지게 얽

혀 매인데다 실력도 괜찮은 편에 억세게 운좋은 사람의 경우
이다.

장자(莊子)는 "착한 일을 해도 명예를 바랄 정도로 해서는
안 되며, 또한 악한 일을 한다 해도 형벌을 받을 정도까지 해
서는 안 된다"고 했다.

사람이 세상을 살아나가는데 지녀야 할 바른 자세와 태도를
이르는 말이다.

이른바 중용(中庸)을 가리키는 말이다.

즉 지나치거나 모자라지도 않고, 더도 말고 덜도 아닌 그런
중도, 중심, 균형의 관계이다.

그러나 이러한 중용의 관계라도 반드시 진리, 정의, 선에 부
합해야 그의 가치를 인정받을 수 있는 것은 물론이다.

젊은 시절에 일을 잘해 윗사람으로부터 인정을 받는 것은
아주 중요하다.

그러나 일에 못지않게 인간적인 처신과 대처의 향배가 더
중요할 때가 많다.

직장인은 상하관계에서 신뢰가 있어야 하지만 주변과의 관
계가 원만하고 아래로부터의 덕망도 지녀야 자신의 실력이 인
정을 받는다.

이러한 처신에 있어서 모가 나면 안 되고 지나치거나 모자
라서도 빛을 발휘할 수 없다.

이를테면 처신에서의 과불급(過不及)인 '중용'이 무엇보다도

우선으로 고려되어야 한다는 것이다.

하지만 일에서의 중용은 미덕이 아니다.

일에는 항상 패기와 용기가 넘쳐야 하며 과한 쪽이 좋은 성과를 낼 수 있기 때문이다.

옛말에 "벼는 익을수록 고개를 숙인다."고 하였다.

난 아들이 잘 하고 있는데 쓸데없는 나만의 노파심에서 내 스스로 걱정을 만들어 내고 있는 것인지도 모른다.

설사 아들의 지나친 면이 있더라도 나의 잣대에서 본 시각의 오차일 수도 있다.

분명 아들의 시건방진 면에서의 지나침이 보이긴 하지만 나와 아들의 세대차에서 기인한 나의 오진일 수도 있지 않은가?

모든 것이 아버지의 부덕의 소치라 치면 편하다.

아들의 인성이 부실한 것도 다름아닌 아버지의 책임이다.

그래도 난 아들이 세상에 빛을 발하는 사람, 세상에 희망을 주는 사람으로 진정 거듭나서 대성하기를 기원할 뿐이다.

환한 얼굴의
미소

 어제 매달 한 번 만나 점심을 하는 대학 과모임이 있었다.

언제나 빠지지 않고 참석하는 한 친구의 늠름한 모습이 친구들 가운데 유난히 돋보였다.

늘 술도 많이 하고 여기저기 건강이 안 좋아 꾸부정 대던 그 친구가 얼굴이 한결 훤해졌고 허리도 쭉 펴고 어쩌면 젊은이 같아 보이기도 했다.

그래서인지 여러 친구들이 "야, 너 얼굴 좋아졌다."라고 연이어 인사말을 했다.

본인도 좋아해 하는 눈치였지만, 왜 그런지 그 이유가 궁금해졌다.

　모처럼 강남의 어느 양고기 샤브샤브 식당에서 막걸리를 곁들어 식사를 하면서 이런저런 이야기로 즐겁게 담소하고 있는데, 그 친구가 느닷없이 좌중을 정리하면서 하는 말이 "내가 얼마 전 가족회의에서 내 전 재산을 가톨릭재단에 기부하기로 합의하여 살고 있는 집과 조그만 상가 건물, 토지 등을 모두 기부하였다.

　토지와 상가 건물에서 나오는 세는 부부가 살아있을 때까지 받기로 하고 죽으면 재단으로 넘기기로 했다."고 하였다.

　늘 허리가 아프고 귀 달팽이관이 나빠 어지럽다던 친구였는데…….

　밝은 얼굴에 환한 미소를 머금고 있는 얼굴에 대한 궁금증의 해답이다.

　높은 산 어려운 산행 길에 정상에라도 오르고 나서 하는 말인 양 내가 보기엔 행복해 보였고 늠름한 자태가 역력했으며 자랑스러워 보였다. 재산을 모두 기부한데서 오는 만족감과 자신감의 발로인지도 모른다.

　사실은 평소에 친구들한테 술 한 잔 잘 안사는 그런 구두쇠(?) 친구였다. 대학 졸업 후 30여 년을 고등학교 영어선생으로 복직하였고 마지막에는 대학의 영어강사로 이름을 날린 친구였다.

　워낙 검소하고 절약하는 습성에다 영어 과외선생으로 열심히 돈을 모아서인지 그래도 주변의 남들 보다는 재산을 많이 모은 편으로 알려진 친구다.

집에 돌아오면서 난 곰곰이 생각에 잠길 수밖에 없었다.

아무리 이리저리 생각해 보아도 나는 죽었다 깨어나도 그 친구와 같이 기부에 대한 용기도 없고, 설사 기부하겠다는 마음을 갖더라도 가족 간 합의가 어려울 것이 뻔하며 내 심장이 재산의 조그만 것이라도 몽땅 내놓지는 못할 것 같았다.

기부는 자기 희생 정신의 발로이며 아무나 하는 것은 아님이 분명하다. 많이 가진 사람, 부자라고 해서 기부하는데 선뜻 나서지도 못한다.

오히려 시장에서 어렵게 좌판 놓고 장사한 사람, 고생으로 자수성가해서 밥이라도 먹는 사람들이 더 기부천사의 역할을 잘 함을 우리는 늘 본다.

내 것을 챙기겠다는 생각이나 재산을 자식에게 물려주겠다는 생각을 갖고 산다면 기부를 하기란 아예 불가능한 일이다.

그러면 그 친구는 종교를 철저히 믿는 종교인이라서 가능한 것이었나?

아니면 부부가 공히 본래 인성이 어질고 마음의 대문이 열려 있어서인지 아니면 부모로부터 가정교육을 잘 받아서일까?

누구로부터 결정적인 계시라도 받은 결정은 아닌지?

아무튼 난 그 친구의 용기와 나눔의 정신은 물론 그의 결정적인 실천적 의지에 그저 머리 숙여 감동할 뿐이다.

근검절약의
정신

나이 들어 오래 살다 보니 남자는 아내의 빗발치는 눈치 속에 집안 청소는 말할 것도 없고 쓰레기 버리기 분리 수거에도 자연히 익숙해지기 마련인가 보다.

병, 플라스틱, 금속류, 신문지, 박스 등을 수거함에 각각 힘들게 나누다보면 자연보호와 물자절약을 위해 무엇이든 아껴 써야 한다는 나름대로의 근검절약 정신이 늦게나마 몸에 배이게 된다.

나는 그 과정에서 무심코 모르고 지난 일이긴 하지만, 우리 집의 매주 한 번 쓰레기 처리장에 나가는 재활용 쓰레기통에는 맥주병이나 화장품 용기가 하나도 없었다.

그런데 요즈음에서야 아내가 이것들을 따로 모아 챙기는 것을 보고서는 비로소 그 이유를 바로 알게 되었다.

아내는 그 옛날 7~80년대에 단독주택에 살던 시절에 하루에도 몇 번 낯익은 엿장수가 동내를 돌던 바로 그 때 집에서 먹고난 각종 유리병을 버리지 않고 따로 모았던 것이다.

옛날엔 집안 모임이나 각종 회식을 대부분 집에서 치러야 했기 때문에 일정기간이 지나면 집에는 소주와 맥주병이 상당량 쌓였다.

아내는 반드시 그것을 엿이나 강냉이가 아닌 '돈'과 교환하곤 했다.

지금에 와서 이리저리 심사숙고해 보아도 그 돈이 살림에 얼마나 보탬됐는지는 정확한 계산이 나오는 것은 아니다.

며칠 전 아내는 동내 인근의 이마트를 같이 가자고 하는데 보따리 하나를 따로 챙겨 가지고 가는 것이었다.

이마트에 가서 안 것인데, 그 속에는 이마트 비닐 봉투, 맥주병 몇 개, 화장품 용기 등이 가득 들어 있었다.

아내는 이마트 비닐봉투(50원)와 병(소주:40원, 맥주:50원)을 주고 돈 몇 푼을 받고 화장품 용기는 열 두서너 개 주면서 10,000원 짜리 화장품을 받아왔다.

문제는 그런 와중에서 발생했다.

나는 아내가 그 물건들을 바꾸는 도중에 커피 자판기에서 커피 두 잔(한잔:250원)을 빼내어 아내를 기다렸다.

아내는 커피를 건너 받으면서 "아니 내가 50원 받으려고 집에서부터 모은 비닐봉투와 맥주병을 갖고 왔는데, 당신은 500원 주고 커피를 마시면 어떻게 되느냐"고 나무랐다.

아내의 말은 그렇게 강력하고 심한 공격은 아니었지만, 내 머리 속은 큰 쇠망치로 한 방 얻어맞은 격이 되지 않을 수 없었다.

난 어제도 후배 결혼식에 참석하여 예식이 끝난 후 동료, 후배들이 생맥주라도 한 잔 하자는 자리에서 마음이 약한 탓인지, 남을 배려하는 마음에서 인지 그만 10 사람이 먹은 생맥주 값을 손수 계산하고 말았다.

아내는 아직도 빈 병을 모아 파는 정신으로 근검절약을 지속하고 있는데, 내가 이래도 괜찮은 것인지, 안 되는 일인지?

노년에 남아 있는 돈은 자식 주지 말고 나를 위해서 좀 팍팍 쓰라는 말이 맞는다고 하는데…….

그래도 난 아내를 생각하여 좀 절약하는 마음을 더 가다듬어야 할 것 같다.

친구와의
갈등을 해소하며

지난해 봄 미국 뉴욕에 산다는 고등학교 동창 한 친구로부터 전화를 받았다.

누구라고 자기 소개를 하는데 졸업 후 49년간 만난 적이 없는 친구이었고 전화도 처음으로 대하는 친구였다.

그래도 고교동창이고 같은 반을 3년 간이나 했으니 그런대로 옛 모습의 얼굴을 그려볼 수 있는 그런 친구였다.

그 친구가 오랜만에 나에게 전화를 한 동기를 요약하면 다음과 같다.

"내가 고향인 화성에 땅을 갖고 있는데, 한국에 자주 나갈 수가 없으니 네가 대리인으로 하여 그 땅을 좀 팔아 달라.

너를 믿고 네가 하라는 대로 할 테니, 그쪽 사람들과 교섭하여 값을 정하고 계약을 성사시켜 주었으면 좋겠다.”

난 친구의 느닷없는 제안에 처음엔 망설이며 거절하였다.

하지만 친구의 전화 공세가 거듭되고 화성의 부동산 중개인, 원매자와 대화를 해 보니 어느 정도 진실성이 있는 것 같아 일단 수락하고 일을 추진했다.

땅을 사겠다는 사람과 정식으로 만나 여러 가지 절차와 가격에 의견을 같이 하게 되어 친구의 땅을 정식으로 매매하기로 나와 중개인, 원매자 간에 가격 등 모든 것을 합의하기에 이르렀다.

물론 그 친구도 내용을 듣고 모든 것에 동의하였다.

그러던 중 어느 날 갑자기 그 친구가 전화로 “사정이 있어 땅을 안 팔겠다.”고 일언지하에 잘라 말하는 것이었다.

전후 사정의 설명도 명확치 않고 거절의 조건도 합당치 않은 것 같았다. 나로선 어의가 없었고 너무나 황당한 일이었다.

그 후 난 화성의 부동산 중개인들의 성화에 시달림을 당하였고 나중엔 그들이 전화로 상말까지 섞어가며 나를 싸잡아 비난하는 수모(?)를 겪기까지 했다.

나는 “그 정도야” 하고 참아 낼 수 있었고 그 친구의 사정을 이해하려 노력했다.

그러나 그 친구의 전화로 미안하다는 말 몇 마디와 전혀 개의치 않는 태도에 나는 실망했지만 그냥 잊으려 했다.

그런 관계로 1년 반이 지났다. 그런데 다른 친구로부터 그 친구가 한국에 다녀갔다는 소식을 전해 들었다.

그런데 지난달 국악원에서 우리 집 막내딸의 국악독주회가 있어 가족들이 참석하였다.

그와 늘 가깝게 지내는 친구가 "오늘 너의 딸 독주회에 온다고 했다."면서 그 친구를 찾아 다니는 것이다.

독주회가 끝나고 그 친구와 어느 선술집에 있다고 하여, 난 어렵게 그들을 찾아가 만났다.

우린 셋이서 반갑게 술잔을 비우며 옛이야기에 꽃을 피웠다. 이야기를 나누던 중 우리들의 고등학교 졸업 50주년 행사 문제가 거론 되었다.

난 그 친구에게 참가를 권유하면서 찬조금을 좀 내줄 것을 요청해 보았다. 그때 그 친구는 냉정한 어조로 "난 50주년 행사에 관심도 없고 그런 행사에 돈을 기부할 생각도 없다"고 잘라 말하는 것이었다.

나는 술기운도 올라 있었지만 "뭐 이런 친구가 있나 싶어, 도대체 되먹지가 못했군."라는 생각이 앞서 이성이고 옛정이고 순간적으로 다 잊어버리고 말았다.

난 그 친구에게 감정이 섞인 투로 직사포를 쏘아대며 말하였다.

"야! 이친구야… 고등학교 졸업하고 50여 년이 되어 기념행사를 갖는데 어떻게 모르는 척 할 수 있냐. 그러지 말고 좀

성의를 가져 달라. 내가 준비위원장을 맡았는데 날 보아서라도 그래 주었으면 해. 막말로 내가 고등학교 동창이니 지난번 네가 나에게 땅 매매 부탁도 한 것 아니냐.”

그 친구는 완강히 거절하는 투로 말하면서 자신은 참가하지 못한다는 뜻을 굽히지 않았다.

난 참지 못하고 그만 감정 섞인 말로 그 친구에게 언성을 높이어 다음과 같이 말했다.

“야, 인생을 그렇게 살지 말자. 필요하면 친구고 필요 없으면 친구가 아닌 것이냐. 우리가 다 늙어가는데 뭐 그렇게 계산적으로 사냐. 너 고향에 그렇게 땅 많다고 자랑하더니 그래 고작 네 마음이 그것뿐이 안 되냐.”

사람이 살다 보면 누구라도 내게 바른 소리해 주는 사람이 달가울 리 없다.

그것이 충고이거나 정성어린 조언이든 상대의 자존심을 상하게 하거나 양심을 콕콕 찌르는 말이면 심한 거부감과 함께 반감이 일게 마련이다.

그게 보통사람들의 너그럽지 못한 속성이며, 나눔의 정신이 결여된 이기주의적 발상이다.

미국에서 이역만리 찾아온 친구에게 아무리 나와 생각이 다르더라도 그 친구에게 감정을 갖고 나무라는 투의 말을 해댄 것은 크나큰 잘못이다.

어디인가 나의 모자람의 극치일 수 있으며 친구와의 정을 무시한 돌출 언행일 수밖에 없다. 그래서인지 우리는 어정쩡하게 따듯한 말도 주고받지 못하고 그런대로 헤어지고 말았다.

그런데 엊그제 그 친구로부터 전화가 왔다.

그는 "내가 이번 50주년 행사에 참가는 못 하지만 다른 친구 편에 500$을 보낸다."는 말과 함께 미안하다고 했다.

난 너무 반가운 나머지 겉치레의 짙은 말로 두툼하게 치장하면서 그 친구의 뜻에 "정말로 고맙다."는 인사를 거듭거듭 전하였다.

이럴 경우 무엇이 옳고 그른지 조금은 헷갈린다.

내가 그 친구를 다그쳐 나무란 것이 잘못했지만, 그 친구도 반성을 좀 한 것 같다는 생각이 들었다.

우리는 어떻게 보면 이 일로 고운정 미운정이 되살아난 듯하다. 이를테면 따끔한 충고도 효과를 발휘할 때가 있나 보다.

친구 간에 잘못을 보고도 못 본체 두루뭉술하게 좋게만 지나치는 것이 그 친구를 위하는 길은 아닌 것만 같다.

내가 너이고 네가 나인 한 묶음의 우리란 친구관이 내 삶의 원동력이 될 수 있다.

서로 다르지만 함께 어우러지는 우리만의 옛정을 되살림으로서 새로운 창조적 삶을 가꾸어 나간다는 나만의 사명감을 가져본다.

버리고 싶은 친구에
대한 미련

올해도 연말을 지나면서 무슨 만남이 그리 많기도 한지 달력에 체크된 각종 친목모임의 스케줄은 즐비하기가 마찬가지다.

몇 년 전만 해도 모임이 없어 못 나간다는 생각이 지배적이었는데, 올해는 왜인지 모임 자체가 귀찮다는 생각이 들고 가 봤자 얻을 것도 없다고 생각했는지 몇몇 모임만 가려서 참석하는데 그치고 말았다.

아마 지독한 감기에 심신이 지쳐서 그랬을 것이라는 변명을 해본다.

친목모임에 참석해 보면 거의 한 번도 빠짐없이 열성적으로 참석하는 사람도 있지만 친목 모임을 별 것 아니라고 치부하며 '나만의 삶'을 위한다고 애써 외면하는 사람도 많다.

누구나 자신의 건강 유지를 위해서는 각종 친목 모임에 적극 참여하는 것이 좋다고들 한다.

실제로 별로 할 일 없으면 옛 친구들 만나 술 한 잔하고 수다 떨며 정치, 사회 현안 문제들 비판하고 나면 속이 시원하긴 하다.

집에 우두커니 있는 것보다는, 아니면 전철 타고 간단한 나들이나, 또는 운동 한답시고 홀로 산에 가는 것보다는 정신적인 면에서 훨씬 보탬이 된다고 생각한다.

하지만 요즈음엔 모임에 대한 내 생각이 많이 변해 버렸다.

내 마음이 옛날보다 좁아져서 그렇게 되었다는 비판의 날을 자신에게 겨누어보지만 나이를 먹어감에 따라 모임의 분위기는 물론 친구들 개개인의 인성이 저마다 돌변하고 있기 때문이라는 내 나름대로의 분석을 해본다.

모임에 나오는 친구들의 성의와 열의도 전만 못하게 시들어져간다.

간혹 친구들 간에 마찰과 갈등이 생기기라도 하면 서로간의 이해와 용서보다는 감정을 앞세워 티격태격 싸움질들을 하며 원한의 마음을 가지고 헤어진다.

내용은 아무것도 아닌데 보잘 것 없는 자존심만을 지키려는 졸렬함을 들어내는 것이다.

사람들이 왜 나이가 들어가면 친구들 간에 더 정을 쌓아가지는 못하고 남은 정마저 팽개치고 돌아오지 못할 강을 건너고 마는지 알다가도 모를 일이다.

늘 "가슴을 열고 마음을 비우며 살자."고들 서로 다짐하면서도 몇 남지도 않은 다정한 옛 친구를 무엇 때문에 헌신짝 버리듯이 길가에 내동댕이치는지?

조금만 감정을 누르고 먼 산 한 번 바라보며 심호흡 크게 하면 풀릴 것을 이내 참지 못하고 감정 섞인 말을 뱉어버리는 연유는 무엇인지?

영 볼썽사납기도 하고 초등학교 애들 싸움이나 다름 없는 짓거리들을 거침없이 해댄다.

그래서 하는 말이 있다.

늙어가면 그 많던 친구 어디로 가는지 다 없어지고 막상 딱 부러지게 같이 밥 한 끼 먹고싶은 친구 하나 없는 것이 현실이란 말이다.

정말 그럴까? 라는 의문을 가져보지만 내 주변만 보아도 그럴 것 같은 징후들이 하나 둘씩 계속 나타나고 있음은 피할 수 없는 사실로 다가온다.

무엇이 이토록 옛 친구간의 정리를 매몰차게 끊어놓는 것인지……?

첫째, 뇌의 구조가 노화되어 변화되기 때문이란 생각이 앞선다.

나이가 들어가며 생기는 일종의 신체적 병리현상으로 뇌세포가 축소되고 쪼그라 들어 마음도 이해와 관용의 폭이 자신도 모르게 협소해진다.

이에 따라 친구를 사랑하려는 마음의 자세가 퇴색되어가는데 반해 친구의 태도를 자꾸만 나쁜 쪽에서 이해하려 들고 반대편에 서서 그 마음을 즐기려 한다.

무엇보다도 역지사지(易地思之)의 정신에서 상대를 보는 것이 아니라, 오직 나만의 잣대를 적용하는 오만과 편견이 작용하고 있는 것이다.

둘째, 경제적 또는 신분적 차이를 인정하지 않으려는 태도가 강하기 때문이다. 돈을 많이 번 사람, 출세를 높이 한 친구는 은퇴 후에도 말이나 행동에서 그 냄새를 변함없이 풍기려들 한다.

여기에서 그렇지 못한 사정으로 상대적 박탈감은 갖는 친구는 아무리 친구라도 늙어서는 도저히 그 꼬락서니를 눈뜨고는 더 볼 수는 없다는 절박감에서 심한 갈등이 생겨난다.

더욱이 옛날의 쌓이고 쌓인 감정이 있었던 경우에는 그의 폭발성은 거의 자제가 안 된다.

셋째, 나만의 친구관을 만들고 있기 때문이다.

사람이 살아가면서 보고 싶은 사람도 다 못 보고 사는데, 이제는 보기 싫다고 여겨지는 친구는 보지 말고 살자는 심보가 강하게 작용한다.

그리고 자기 나름대로 친구 하나하나의 장단점을 열거하고 평가하여 이러이러한 이유를 대고는 친구를 버리자는 쪽으로 마음을 편하게 굳혀간다. 그러다보면 좋은 친구가 별로 없고 다 버리게 되는 것이다.

그렇다고 친구 수가 줄어들고 없어진다고 낙담할 필요는 없다.

꽃도 피면 지고 푸른 나뭇잎도 가을이면 낙엽되어 없어진다. 인생사의 어려운 굽이굽이도, 친구가 모두 차례로 없어지는 것도, 어쩔 수 없는 세상살이의 순리이며 자기 인생의 마무리라 할 수 있다.

그렇다고 아까운 친구를 애써 고민하며 스스로 내다 버릴 필요는 없다. 친구가 없다는 생각은 자기만의 빈곤의 마음일 수 있어 가져서는 안 될 마음가짐이다.

인생 100세 시대라고 하는데 좋은 친구가 있어야 오래 산다고 한다. 오래 사는 것 보다는 좋은 친구와 아름다운 생을 사는 것이 더 중요하다.

'우정은 변치 않을 때 아름답다'고 했다.

'친구가 없는 것보다 더 적막한 것은 없다'는 말을 가슴속 깊이 새겨둘 필요가 있다.

카드결제와
탈세

 우리 동네의 한 떡집은 인근 여러 떡집 가운데 유독 장사가 제일 잘 되는 상점이다.

그런데도 카드 단말기는 아예 설치하지 않고 카드를 안 받는다.

현행법상 상점에 카드 단말기를 설치해 놓고도 카드결제를 회피하면 범법 행위의 신고 대상이지만 카드 단말기 설치는 의무사항이 아니라고 한다.

이 떡집이 오랜 기간 현금 장사를 유지하면서도 그대로 장사가 호황을 누리는 것을 보면 카드 안 받고도 매상에는 어느 정도 자신이 있다는 계산을 하고 있는 것 같다.

또한 적당한 탈세를 위해서는 현금거래가 절대로 유리하다고 판단하는 것으로 보인다.

카드 결제를 회피하는 곳은 재래시장, 학원, 조그만 구멍가게 등 도처에 널려 있다.

판매자는 카드 단말기가 설치되어 있는데도 불구하고 때때로 손님의 눈치를 보면서 현금을 요구해도 될 성싶으면 구매자에게 금전적 이익을 주겠다는 약속을 제시하고 현금 결제를 유도한다.

판매자가 현금을 선호하는 이유는 현금이 직접 들어와 좋고 판매대금이 거래 실적으로 잡히지 않아 탈세를 할 수 있기 때문일 것이다.

때문에 손님의 입장에서 판매자의 현금 결제 요청을 허락하는 것은 본의 아니게 탈세를 조장하는 일종의 범법행위에 해당된다.

대부분의 구매자들은 판매자의 당근 제시에 이끌려 무심코 현금결제를 들어주고 만다.

한때는 교통법규 위반에 대한 신고포상제도가 생겨 소위 파파라치(불법 현장을 관에 신고해 포상금을 받는 사람)가 횡횡하여 사회 문제를 제기하기도 했다.

이어서 부정식품을 고발하거나 불법과외에 대한 신고포상제도도 시행되고 있다.

여기에서도 파파라치를 생계의 업으로 삼는 과정에서 과잉

신고로 인해 선의의 피해자가 속출하는 문제가 야기되기도 하였다.

범죄를 신고하는 사람은 정의로운 사람이고 마땅히 보상을 받을 가치를 지닌다.

하지만 '파파라치제도'에 대한 일반 시민들의 인식은 그렇게 긍정적인 것은 아니다.

그렇다 보니 카드결제 회피 상점에 대한 문제에서도 사람들이 대부분 대수롭지 않게 생각하고 그저 순수하게 '동네니까, 알고 지내는데'라는 인식에서 탈세를 하려는 것이라는 점을 익히 알면서도 대충 판매자의 사정을 돌보아주고 만다.

요즘 재벌그룹의 비자금 문제가 뉴스의 초점으로 제기되고 있다.

재벌들의 수백 억 하는 어마어마한 비자금 조성은 우리가 늘 밥 먹듯이 듣는 이야기인데다 일반 서민들의 생존과는 아무런 관계도 없고 실제로 관심도 전혀 없는 문제이다.

그러나 이런 거액의 비자금 조성도 탈세이고 중소 상점의 카드결제 회피도 동일한 탈세를 위한 범법행위에 속한다.

선진국에선 조그만 탈세도 엄격한 국법위반으로 처벌을 받는다.

미국에서 사업하는 친구 말에 의하면 아예 탈세를 할 수도 없고 탈세를 꿈도 꾸지 못한다고 잘라 말한다.

한 번이라도 탈세가 적발되면 모든 사업영역에서 꼬리표가

붙어 다녀 사업상 엄격한 제한을 받는다고 한다.

우리 나라에선 보통사람의 상상을 초월하는 재벌들의 연이은 탈세범도 대통령 사면으로 풀려나면 그 날로 그만인 세상이다. 크고 작고 간에 탈세의 만연은 국가 경제를 좀먹는 범법행위이다.

그러나 우리 나라 사업자들의 행태를 보면 아직도 탈세할 수 있는 묘책과 여백이 없어 탈세를 못하는 것일 뿐 탈세를 할 수 있는 길이 보인다면 무슨 수를 써서라도 탈세를 시도하고 추진하는 것을 보게 된다.

우리의 국가 경제가 더 발전하고 선진국으로 진입하기 위해서는 무엇보다 우선적으로 '조세정의'가 확립되는 가운데 탈세가 근절되어야 한다.

1등
만능주의

모든 스포츠 경기에서의 금메달과 은메달은 하늘과 땅의 차이로 느껴진다.

올림픽 각종 경기에서는 물론 국내 프로야구에서의 우승과 준우승에 대한 대우도 그 차이가 상상을 초월함을 본다.

미국이나 국내 프로골프 대회에서도 우승의 위치는 돈과 명예를 한꺼번에 거머쥔 절대적 지위와 가치를 얻는다.

그런데 실제 경기에서 우승과 차승의 실력 차는 거의 없는 것 같고 경기 당일의 선수들의 운이나 컨디션이 성패를 크게 좌우하는데 1등과 2등의 운명은 실로 천당과 지옥을 넘나들게 된다.

우리 사회에서 공부에서의 1등은 특별 대접을 받는다.

우리 집의 손자, 손녀도 유치원에서 백점(받아쓰기)을 받아 오면 그게 뭐 그렇게 대수도 아닌 것인데 애들의 부모는 함성을 내지르고 칭찬 일색의 흥분을 감추지 못한다.

덩달아 할아비, 할미도 그에 질세라 그저 흥얼거리며 마냥 좋아 어쩔 줄 모른다.

우리들 세상에 1등을 싫어하고 100점을 마다할 사람은 아무도 없을 성싶다.

우리 나라 사람의 '1등 좋아하기'는 가히 세계 제일의 수준일 것이다.

하긴 그런 기질의 덕으로 '한강의 기적'이 이루어졌음을 부인하긴 어렵고, 우리가 현재 유사 이래 잘 먹고 잘 사는 것도 그 덕이 큰 것이 사실에 속한다.

1등 지상최고주의, 1등 만등주의, 빨리빨리, 남을 따돌리고 올라서기 등 무한 경쟁사회가 경제성장의 밑거름이 되어 효과를 발휘한 것은 틀림없다.

가령 우리들 집안에서 의사나 판검사의 인물이 나면 온통 집안에 난리가 난다.

시골에선 마을 입구 정자나무는 물론 출신 고등학교 정문 위에 대문짝만한 축하용 플랜카드가 내 걸린다.

이른바 성공 신화인 그들의 역정을 후배들이 보전하고 본받자는 취지이다.

그런데 이들 당사자들 면면을 보면 초등학교 시절부터 대학에 이르기까지 학교공부에서 1~2등을 빼놓지 않는다.

그들은 집안에서도 어려서부터 칙사 대접을 받고 자라며 우물 안 개구리처럼 밖을 모르고 공부만 하고 산다.

그래서인지 그들은 자신이 세상에서 제일 잘난 줄만 알고 성장한다.

이들은 그저 시험이라면 척척 1등을 하고 남을 앞지른다.

그러나 사람이 살아가야 할 도리로서 인성을 배우고 닦을 기회는 제대로 제공 받지 못하며 성장한다.

그들에게 도덕이라던가, 정직, 윤리, 남을 위한 배려, 양보 등은 남의 일로 치부되기 일쑤다.

그들 부모는 1등하는 자식에겐 더 바랄 것이 없다고 만족하면서 지나친 과잉보호를 마다 않고 경쟁에서의 승부욕만을 부추긴다.

오직 '1등 위치'의 유지와 1등만을 추구하는 1등 만능주의에다 의사나 판검사가 되기를 요구하고 가르친다.

필요하다면 무슨 수단을 써서라도 자식이 '병역면제'도 받게 한다.

사실 우리가 노년의 나이가 되면 병원을 밥 먹듯이 드나들게 되는데 수시로 이런 저런 의사들의 진료를 받아본다.

하지만 종합병원 의사들의 불친절은 할 수 없이 그렇다 치고 동네 개인병원 의사들도 의사다운 의사를 만나기는 힘든 것이 사실이다.

그들은 우리 의료제도의 결함에서 오는 어쩔 수 없는 최선의 의료 행위라고 하지만, 전혀 의사로서의 본분을 찾아보기 어려운 게 현실이다.

환자를 그저 돈벌이의 손님 정도로 대하는 것으로 그치는 면이 짙다.

나의 좁은 소견인지는 몰라도 의사가 되기까지 살아온 성장 과정이 의사들을 그런 인성을 만든 것 같다.

이를테면 그들에겐 자라면서 학교나 가정교육에서 인간성이나 도덕성과는 거리가 먼 교육만을 접했을 것이다.

오히려 이들에게 쉴 새 없이 끈덕지게 요구되어 온 것은 오직 어떻게 하면 '성공하고 돈을 많이 벌 수 있느냐'에 초점이 모아졌을 것이다.

의사나 판검사에게 양심적인 탐문조사를 해 본다면 자신이 정말 원해서 그 직업을 택하였다는 숫자가 얼마나 될 것이냐는 의문의 대목이다.

오히려 자신의 소망보다는 부모의 바람이 더 컷을 가능성이 있다.

공부 1~2등이 사실은 의사나 판사, 검사가 아니라 과학자가 되어야 국가가 더 발전한다.

동네 병원의 내과나 이비인후과 의사는 공부 1~2등 출신이 아니어도 될 듯싶다.

공부보다는 인간성이 풍부하고 마음씨 좋으며 가족 같은 의
사였으면 하는 바람이 더 크다.
왜 그토록 공부 잘 하고 머리 좋은 사람들이 동네의사로 검
은머리 파뿌리가 될까?
난 나의 이러한 생각들이 기우였으면 한다.
개인적인 편협한 소견이었으면 더 좋겠다.
‘숲을 못 보고 나무만 본’ 그릇된 사회 인식이었으면 하는
것이 나의 바람이기도 하다.

팔자에
대한 욕심

 어제는 서울 시내 볼 일이 있어 전철을 서너 시간 타
게 되었다.

한낮이지만 전철 안에는 제법 사람들로 붐볐다.

가을의 중턱을 넘나들 때인데 날씨는 왜인지 초여름 같이
더웠다. 그래서인지 사람들 옷차림이 여름옷부터 가을옷, 겨
울옷까지 정말 각양각색이다.

반팔에 시원한 옷차림의 젊은 여인네가 있는가 하면 두터운
겨울 신사복을 꺼내 입고는 답답해 하는 노신사도 눈에 확 뜨
인다.

어느 환승역을 지나는데 훤칠해 보이는 중년 이후의 멋있는

한 여인이 탑승을 하였다.

사람들 시선이 자연히 그 여인에 집중되면서 그녀의 모습은 파노라마 같이 펼쳐진 한 편의 화폭을 연상하기에 충분했다.

얼굴은 갸름한 미인형이고 백옥 같은 피부에 젖어 있었다.

피부는 티 하나 없고 나이에 비해선 강한 탄력에다 주름 한 결 없는 낙랑 18세 같았다. 화사한 옷과 세련된 화장이 여인을 한결 돋보이게 해주었다.

세상에 불가항력적인 일이 타고 난 팔자, 이를테면 운명론이다. 물론 운명을 극복하고 자신의 길을 만들어 나가는 창조적인 사람도 많다.

하지만 얼굴의 생김새는 말할 것도 없고, 어떤 사람을 일생의 동반자로 만나느냐는 거의 팔자소관의 성격이 짙다.

그러나 지금 세상은 "아, 그 여자 참 미녀야, 멋있어."라는 평을 듣는다면 거의 90% 이상이 만들어진 여자라 한다.

그래서 요즘 젊은 여인들의 예쁜 얼굴은 대부분 '성형의 덕'이라니 믿어야 할지 모르겠다.

아무튼 전철에서 만난 중년 여인은 만들어진 냄새가 전혀 없는 순백한 여인상이다.

어떻게 저렇게 멋있게 태어났고, 어떻게 저 나이에 저렇게 온유하고 아담하며 세련된 아름다움을 갖추고 있을 수 있단 말인가.

사실 저런 수준의 여자들은 대부분 전철을 타지 않는 것으로 안다. 그녀가 미와 사랑의 여신인 비너스 상을 방불할 정도라면 지나친 표현일까?

나만이 넋을 잃고 바라보지는 않을 성싶은데, 주위를 살펴보니 모두가 그런 거 같다.

흔히 이럴 때 못 나게시리 내 자신을 뒤돌아 본다.

물론 나는 남자이지만, 그녀에 대한 부러운 마음에다 일종의 시샘(?)마저 일고 있다.

이를테면 요즘같이 외모지상주의가 뺨치는 세상에서 "노년기의 남자라도 좀 멋있고 시원시원하게 잘 났으면 얼마나 좋을까"라는 허황된 욕심을 가져본다.

하기야 '지나가는 개가 웃을 일'이지만 그래도 그런 욕구가 마음 한구석에 자리하고 있음을 부인할 순 없다.

아무리 인간 본성의 발로라 변명해도 내가 나를 생각해도 웃기는 일이며 생뚱맞고 '어이없는 일'이다.

어떻게 보면 일종의 노추(老醜)의 주책일 수 있으며 창피스러운 마음가짐이 분명하다.

요즘 무소유(無所有)라는 말이 판을 치는 세상이다.

실은 무소유의 무(無)자 근처에도 못 가는 범인에 불과하면서도 무소유란 말을 절제하지 못하고 부적절하게 남발하기도 한다.

마음을 비우자는 이야기인데, 그게 그리 쉬운 일도 아니며 오히려 대부분의 사람들은 소유의 노예가 되기도 한다.

나도 전철 안의 그 여인에 대한 상대적 박탈감에 젖기라도 하였는지, 내가 그 여인에 버금가는 우아한 외모에다 멋이 넘치는 노신사를 바라는 것인지……?

"좀 바랄 것을 바라라"는 질책을 내 자신에게 던져본다.

그래도 '늘씬한 멋의 노신사'가 되고픈 소유의 마음은 사라지지 않고 더 쌓인다.

하찮은 욕심의 굴레가 당겨짐에 난 씨익 계면스럽게 웃음을 자아내지 않을 수 없다.

애써 "인생은 다 이렇고 그런 것일지도 모르지 않은가?"라는 변명을 해 본다.

얄팍한
양심

오늘은 좀 뒤늦게 오후 4시경 운동 삼아 동네 뒷산 약수터에 갔다.

날씨가 너무 무덥고 시간대가 오후 늦은 시간이라 사람들이 거의 없는 가운데 중년은 지난 듯한 한 여인이 혼자 운동을 하고 있었다.

나도 운동을 한참 하고 있는 중인데 그 여인은 갈려고 간이 평상에 벗어 놓아둔 옷과 모자를 챙기고 있었다.

그런데 난 공교롭게도 운이 좋아서인지 긴 의자 밑에 그녀의 핸드폰이 떨어져 있는 것을 발견하였다.

순간 나의 빠른 뇌리 속에선 잔머리가 숨가쁘게 돌아가고 있음을 느꼈다.

저 여인을 그대로 내려가게 하고 핸드폰을 내가 주어서 그녀에게 찾아주는 식으로 인연이라도 맺는다면…….

주제 넘고 주책도 없이 머릿속을 제법 영리하게 돌리고 기회를 만들고 있었다.

그녀는 핸드폰을 잃어버렸는지도 모르고 그냥 산을 내려가고 있었다. 기다렸다는 듯이 난 재빨리 그녀에게 다가가 핸드폰이 땅에 떨어져 있음을 알려주었다.

황당한 일을 미연에 방지하여서인지 그녀는 "고맙습니다."라는 말을 두어 번 반복하면서 정말 다행이라는 표정에 고마움이 넘치는 듯했다.

난 그녀를 보내고 난 다음, 아마 그녀가 그저 남 보기에 S라인이라도 되고 얼굴이 예뻤다면 처음 생각대로 핸드폰을 내가 얼른 챙기고 의도적인 인연의 성사를 꿈꾸었을 텐데 실상은 그녀가 너무 뚱뚱하였고 곱상은 아니고 밉상에 가깝다는 점에서 실망한 나머지 급히 핸드폰의 분실만을 알려준 것은 아니었던가?

이 얄팍한 양심을 두고 인지상정이라느니 사필귀정이라는 말을 들먹이면서 나는 내 양심을 속이면서 "아니다. 그게 말이나 되는 생각이냐." 하였지만, 분명하게도 내 마음 구석엔 그녀의 미모가 연루되었고, 금세 S라인이 떠오른 것은 사실이었다.

난 할 수 없다는 자기 반성의 토대 위에서 실소를 금치 못하면서 바랄 것을 바라라고 경고해 본다.

내가 보잘 것 없는 소인배에 불과하고 조금은 모자라게 덤으로, 아니면 군더더기로 살아온 것이 아니냐는 의문을 갖는다.

나는 내 마음 속의 양심을 갖는 뉘우침을 가져보고 말았다.

책을 읽는
노인들

 가을은 덧없이 속절없게 깊어만 간다.

독서의 계절이라고 하는데 변변한 책 한 권 못 읽고 올 가을을 그냥 지나는가 싶다.

매일 높은 하늘과 오색단풍을 만끽하러 산으로만 치달을 것이 아니라, 한가한 주말 오후엔 틈을 좀 내어 서점에 들려 읽을 만한 책 두서너 권은 꼭 사야만 하겠다.

마음에 두는 것으로 그칠 일이 아니라 꼭 실행에 옮겨야 한다고 다짐한다.

엊그제 전철을 타고 가다 책을 읽고 있는 백발의 노신사를 발견하였다.

너무 보기 좋아 옆으로 다가가 보니 읽는 책은 일본어로 된 핸드북 규모의 소설인 듯싶다.

그 앞줄에는 어느 중년은 넘어 보이는 곱게 나이든 여인네가 신문 칼럼을 두어 개 접어 갖고 와서는 읽고 또 읽고 있었다.

노신사나 여인네가 전철 안에서의 지루한 시간을 독서로 보내고 있는 모습은 정말로 어느 명화를 연상하는 한 폭의 그림 같았다.

이들 두 사람의 독서하는 남다른 광경은 너무나도 아름다워 보였고, 나에게는 왜 그런지 유달리 인상적이었고 멋이 있어 보였다.

주변을 이리저리 둘러보니 대부분의 젊은이들은 남녀를 불문하고 핸드폰이나 스마트 폰, PMP 등을 들고는 메시지나 게임, 또는 드라마나 영화 보기에 집중하고 있었다.

이들은 집에 가도 책보다는 틀림없이 다시 컴퓨터에 열중할 것이며, 그들 책장에 꽂혀 있는 책에는 분명 먼지가 쌓여 있을 것이라는 생각이 든다.

무엇이 이 젊은이들을 책으로부터 완전히 분리시키고 있는가?

아마 이들은 현대문명의 기기에 중독증을 앓고 있는 환자일지도 모른다.

사실 나이가 들면 책을 읽기가 무척 어려워짐은 어쩔 수 없다.

책을 멀리하게 되는 주된 이유는 무엇보다도 시력이 나빠지고 책을 읽으면 눈의 피로가 빨리 오기 때문이다.

기력과 시력이 함께 떨어지니 자연히 독서에 대한 집중력도 감퇴하고 금세 싫증도 느낀다. 그래서 노년기의 사람들은 어쩔 수 없이 육체적인 운동에 치중하게 되고 대부분 마음의 양식인 독서를 소홀히 하고 만다.

책은 읽으면 읽을수록 마음을 풍요롭게 해준다는 것은 누구나 다 아는 사실이다.

설사 만고창파 다 겪은 노인의 나이라도 책을 통해선 계속 감동을 느낄 수 있고 마음도 열리며 새로운 지식을 습득할 수 있다.

또한 삶의 의지를 강화시켜줌으로써 새로운 도전의 기회도 주어지며, 주로 뇌신경 건강에 결정적인 도움을 준다고 한다.

해맑은 지혜와 용서, 그리고 화해도, 봉사와 나눔의 마음도 책을 통해 터득하고 얻어진다.

특히 노년기의 사람은 독서와 쓰기를 반복하면 자신의 신병 중에 제일 무서운 우울증과 '치매'를 가장 유효하게 예방할 수 있다 한다.

산에 가나 헬스장에 가나 공원에 가나 노인들로 붐빈다.

이미 우리 사회는 고령화 사회(2,000년: 65세 인구 7%)가 깊어가고 있기 때문이다.

이들이 건강을 위해선 열심히 운동을 해야 한다는 것을 알고 있지만 육체적인 운동에만 열중하고 있음을 본다.

이것도 편식과 동일한 일종의 기형적인 운동이다.

인간은 육체와 정신을 겸비한 운동을 해야 온전한 건강을 장기간 유지할 수 있는 것이다.

책은 우리들 가까이 있지만 읽지 않으면 내 소유가 아니다.

이 천고마비의 계절에…….

몸 운동과 눈 운동, 머릿속 운동을 겸해 가면서 이미 그 옛날 읽은 책이라도 주옥같은 고전이나 명작을 찾아 내 붉은 줄을 치며 다시 읽어보자.

내 마음이 풍요로워지면 내 몸도 자연히 건강해진다.

| 제 3 부 |
별빛으로 쓰는
사랑이야기

아내에게
보답하는 길

부부간의 정은 일방적일 수 없는가 보다.

물론 상대가 환자가 되었을 경우 순애보적인 도움을 줄 수는 있다.

그러나 각자 사지가 멀쩡하고 정신이 바르게 건강하다면 부부라도 서로간의 사랑이 상대적이며 계산적일 수 있다.

더욱이 나이가 들어 한 집에 달랑 단 둘이 살다보면 남이 보기엔 정다운 부부로 부러움을 살지라도 부부간에 서로 눈치를 보며 필요없이 상대를 의식하는 경우가 허다하다.

간혹 남자 쪽이 아내에게 너무 몰염치하거나 상대의 의표를 찌르는 약점을 계속 들먹이기라도 하면, 이는 언제고 큰 화근으로 변하여 자신에게 돌아오고 만다.

반대로 남자가 넓은 도량으로 아내를 항상 이해하면서 언제나 다정한 말씨로 듣기 좋은 말만 골라 사용한다면 반드시 어떠한 형태로든 복이 되어 자신에게 돌아온다.

금년 가을 나는 텃밭에 배추, 무를 심다가 허리를 다쳤다.

몇 년 전 앓았던 허리 디스크 병이 도저 농사일을 전혀 하지 못하게 되었다.

나는 아내에게 이제 텃밭농사를 그만 짓자고 간곡히 청해도 아내는 개의치 않고 그 어려운 농사일을 혼자 도맡아 한다.

우리 옆에 아들, 딸 내외가 살고 있다.

그들은 우리가 농사 지은 유기농 야채를 늘 얻어먹는 처지이면서도 주말에 수영과 골프를 즐겨 다니기는 해도, 내가 허리를 다쳐 일을 못하는 것을 보고도 어미의 농사일을 도우려는 생각을 눈꼽만큼도 안 한다.

난 염치 없는 애들이니 그들을 혼내자고 해도 아내는 그래도 자신이 좋아서 하는 일이니 내게 개의치 말라고 부탁한다.

사실 가을 텃밭농사 일은 실제로 해 보면 보통 예삿일이 아니다.

밭을 갈고 다듬어 걸음을 준 후 검은 비닐을 깔고 덮는 것만도 무척 힘들다.

무, 시금치, 파, 갓 등은 시를 뿌려야 하고 배추는 모종을 사다가 심는다.

무, 배추는 초기에 한두 번은 농약을 살짝 뿌려야 되고 매일 계속해서 벌레를 손으로 잡아주고 때때로 물도 주고 시비도 해야 한다.

무청은 자라는 대로 계속 따 주어야 무가 잘 자라며 배추는 서리 내리기 전에 하나하나씩 끈으로 묶어주어야 속이 찬다.

야채가 다 자라면 춥기 전에 거두어 집까지 날라야 한다.

물에 씻고 소금에 절이며, 무채를 썰고 마늘을 까며 갖은 양념을 준비해 김치를 담가 김치 냉장고에 넣는다.

이 모든 일을 거의 다 아내가 한다.

내가 도와주는 것은 파 다듬고 무채 썰고 마늘 까는 정도로 끝낸다.

내 머릿속에 아내의 일을 가늠해 보고는 아내의 그 따듯한 마음씨와 억새풀 같은 강한 불굴의 의지에 난 아낌 없는 찬사와 더불어 후한 점수를 주면서 깊은 감동을 느끼지 않을 수 없는 것이다.

옛말에 "아내의 좋은 점과 언행을 남과 비교해 가며 살지 말라"고 했다.

아내의 좋은 점만을 보고 칭찬 일색으로 살아도 얼마 남지 않은 인생인데 아내가 실수를 하더라도, 혹 잘못을 저지른다 해도, 찍어서 힐난하거나 상처를 주는 일은 절대로 삼가도록 해야 한다.

되도록 좋은 분위기에 충분한 소통이 되는 대화를 갖도록 하고 아내가 좋아하는 일을 선택하여 도와주어야 한다.

　매주 수요일은 아내가 봉사하고 늦게 오는 날, 이 날 하루만이라도 나는 일찌감치 따끈한 된장찌개를 끓이고 '여주임금님 햅쌀'로 밥을 지어놓자.

　이것으로 아내의 분에 넘는 노력에 조금이나마 보답하는 길이 되지는 않을까?

뒷전은
아버지의 자리

 지난해 크리스마스 날이었다.

우리 집 할미는 옆에 사는 손자, 손녀, 외손녀를 데리고 백화점에 가 그들이 원하는 선물을 사 주어 대단한 인기를 끌었다.

나는 이를 보고 '좋은 일이고 권장할 일'이라고 생각은 하였지만, 왜인지 열외가 된 것 같았고 내 의견쯤은 어디에도 들어갈 틈이 없었다는 현실에 씁쓸한 감을 감추지 못했다.

스산한 바람이 몸을 휘감고 지나간 듯 가슴은 텅 하니 구멍이라도 난 것처럼 난 허전한 마음 둘 곳 몰라 방안을 이리저리 서성이기도 했다.

애들에게는 할아비가 할미보다 인기 없는 으레 그랬고 그런

존재로 절감하고 살아왔지만, 그래도 내가 이 집안의 가장 윗
좌석인 가부장인데 이럴 수는 없다는 절박감이 내 머릿속을
계속 흔들어대고 말았다.

그런데 미국에 사는 딸아이로부터 전화가 왔다.

엄마와 딸의 전화는 무엇이 그리 할 말이 많은 지 보통 30
분을 능가한다.

전화가 끝날 때 아버지도 좀 바꾸어주면 나도 몇 마디 안부
말 하고 끊었으면 하였는데 자기들끼리 대화만 하고 툭 전화
를 끊어버린다.

늘 그래왔지만 그래도 연말인데 하는 마음 한구석에 자리한
섭섭한 마음이 내 가슴을 세차게 짓누르고 있음을 피하지 못
했다.

그러니까 소위 애들 말로 내가 '왕따 당하는 기분'이기도 하
였고 시쳇말로 용도 폐기된 '어느 힘없는 말'이 경주를 하겠다
고 나서려는 꼴이었는지…….

어쩌다 시내 지하철에서 궁상맞은 남자 노인들을 보면 나의
처지와 다를 것이 없다는 '아버지의 입지'가 연상되곤 한다.

여성 노인들은 2, 3, 4 짝을 이루어 떠들썩하고 혼자라도
활기차게 살아 움직이는 것 같으며 모두가 어딘가 목표를 삼
아 가는 곳이 있어 보인다.

그러나 남자 노인들은 대부분 혼자인데다 나의 선입견이 작
용해서인지 몹시 쓸쓸해 보임이 주류이며 눈을 지그시 감고

있는 모습은 마치 황량한 벌판에 홀로 서 있는 고목처럼 보일 때가 많다.

청춘과 장년기, 한평생 오직 자신의 가정을 위해 희생하고 살아왔건만, 무엇 때문에 남자 노인들은 이토록 집안으로부터 버림 받는 신세로 전락하여 가는지……?

이런 왕따의 배경에는 본인 자신의 책임도 크다.

그러나 어떻게 보면 자연의 섭리와도 같은 가족 내에서 벌어지는 인생살이이다. 인위적이 것은 아니고 아주 보편적이고도 당연한 순리인 것 같다.

물론 아내와의 관계에서 부부 간의 상대적인 문제이기도 하다. 하지만 어느 특정한 아버지의 현안이 아니고 대다수의 아버지들이 겪고 있는 일상의 고통이라는 점에서 내 나름대로 몇 가지 요인을 살펴보기로 한다.

첫째, 아버지의 은퇴 후 경제권의 상실과 발언권 약화에 기인한다.

가정 내의 대소사는 물론 자식들과의 관계에서 모든 현안의 가부에 대한 결정권은 거의 아내가 장악하고 산다.

남편이 돈을 벌어올 때는 별 문세가 안 되지만 백수의 입장에선 발언권이 별로 없는 가운데 자식들은 당연히 엄마의 눈치를 보기에 급급하지 않을 수 없다.

자연히 아버지는 애들의 눈에 빗겨가고 애들은 아버지의 태도를 그렇게 중시하지 않게 된다.

둘째, 아버지의 건강이 점차 나빠지고 있는 요인도 크다.

대부분의 아버지들은 어머니보다 나이도 많고 지나온 사회생활의 심한 스트레스, 음주와 흡연 등으로 건강이 안 좋은 편이다.

아픈 곳도 많고 늘 아프다고 하여서인지 애들이나 아내가 아버지 병원에 다니는 것에 대해서는 별로 관심도 두지 않고 대수롭지 않게 여긴다.

그러나 엄마가 어디라도 좀 아프기라도 하면 애들은 단숨에 달려와 크게 수선을 떨고 여러 가지로 도움을 주려는 의사를 표시한다. 애들에게는 어머니의 건강을 챙기는 것이 그만큼 중요하다고 생각하는 뜻이다.

셋째, 아버지가 옛날의 습성을 버리지 못하고 고집과 잔소리를 해대는 것에서도 비롯한다.

아버지가 가만히 있으면 100점일 일에 쓸데없이 간섭하고 어긋난 방향으로 고집을 부리며 애들에게 강요함으로써 가족으로부터 0점을 받는 따돌림을 자초한다.

아버지로선 한 발 물러서는 것이 소외라고 생각하지 말고 다가설 수 있는 전술적 방안을 사전에 마련해야 한다.

그런데 반대로 아버지가 애들에게 성질을 부리거나 소리를 질러대어 그만 그들에게 남아 있는 실오라기 같은 신뢰성마저 모두 잃고 만다.

아마 아버지로서는 나이 들어감에 따라 가족과 밀착되기 어려운 '운명적인 삶'을 살아야 만하는지 모른다.

　그러한 삶은 아버지 쪽에서 생각하면 점차 두렵기도 하고, 서글프기도 하며 서러움이 서리는 고독과 고통의 삶이기도 하다.

　그러나 누구의 도움을 청할 문제가 아니고 바로 자신의 당면한 문제이다.

　아버지 스스로 극복하고 살아야 할 자신의 숙명적인 문제인 것이다. 하늘은 스스로 돕는 자를 돕는다고 했다.

낯선
아들의 그림자

몇 해 전 미국 딸집에 갔을 때 귀국길에 맞추어 멕시코 여행을 하였다.

여행 중 같은 일행 가운데 우리와 비슷한 나이의 부부와 이야기를 나누게 되었다.

우리는 딸 덕에 온 여행인데, 그들은 아들 덕에 여행을 한다기에 "미국에 온지 얼마나 되었고 불편하지 않느냐?"고 물어보았다.

그들 부부는 "아, 우리 아들과 며느리 내외는 남들과 달라 부모에게 친절하고, 이렇게 여행까지 보내주었다."고 하면서 "아들 집에 있어도 하나도 불편하지 않고 잘 먹고 잘 지내고 있어 더 좀 있다 가련다.”고 부언하는 것이었다.

어떻게 보면 그들 부부의 말이 사실일 수도 있지만, 내가 보기에는 그와 반대되는 말이 맞을 것이라는 점을 머릿속에 떠올리고 있었다.

처음 만난 남남인데 속마음을 털어놓을 수는 없었을 것이고 그저 우리에게 인사 치례로 자랑삼아 건네는 말같이 생각되었기 때문이다.

사실 아들집에 부모가 느닷없이 간다고 통고하고서는 쳐들어가 장기간 기거한다면 아들 내외의 심기가 편할 이유는 하나도 없을 성싶다.

이유야 어떻든 아들 내외가 좋아할 리 없다는 것이다.

가령 아들이 부모와 전화 중에 인사말로 “우리 집에 좀 다녀가시지요.”라고 지나가는 말로 딱 한 번 한 것을 기회로 하여 부모는 “그래 옳다 되었다, 이 때다.”라고 마음속으로 다짐하고는 냅다 동부인 하여 아들집에 가서 자식집의 구들이 무너지도록 뽕을 빼는 부모가 있긴 있다.

이러한 부모의 처사는 남이나 다름없는 며느리에 대한 일종의 무례한 행동으로 보아야 한다.

설사 부모 입장에선 당연시하고 대수롭지 않은 일이라고 여길 수도 있지만, 아들 내외에 대한 못할 노릇 중의 첫 번째라는 점을 분명히 인식해 두어야 한다.

자식들이 결혼해서 외국에 나가 살면 부모를 부르는 경우가 두 가지라 한다. 하나는 산후조리에 대한 부탁이고, 두 번째는 관광차 한 번 오시라는 경우이다.

어느 경우이든 자식들은 자기의 친부모보다는 처가 쪽을 선호한다.

그 예로 외국에 주재하는 외교관이나 상사원들의 8~90%는 친정 부모를 초청한다는 것이다.

그 이유는 아들 가정의 주도권을 며느리가 쥐고 있기 때문이기도 하지만, 며느리가 시부모는 불편해서 싫다는 주장을 아들이 구태여 무시할 필요가 없기 때문이라고 한다.

시중의 우스갯소리로 장가간 아들을 두고 아직도 아들로 생각하는 것은 팔불출의 부모에 속한다고 한다.

아들은 어느 여자에게 장가가는 날로 며느리와 함께 남이 된다는 말이다.

설사 그럴 리야 있을까? 하지만 ‘아들이 남이 될 수도 있다’는 생각을 갖고 살아야 마음이 편하다는 뜻으로 좀 과장된 표현이긴 하다.

요즘 애들이 결혼하면 8~90%는 처가쪽 근방에 둥지를 틀고들 산다.

며느리로서는 아들의 친부모와는 가급적 상면의 횟수가 적으면 적을수록 좋다는 것이고 편한 친정의 덕을 두루 보고 살자는 심보이다.

특히 애들이 맞벌이 부부이면 애기 봐줄 수 있는 사람으로

선 친정 쪽이 최상의 신뢰성과 편안함을 갖고 있기 때문이다.

친정에서는 이것저것 제집으로 갖고 가는 데도 불편함이 없고 부담이 없지만 시집에서는 주는 것 외에는 얻는 것이 없다는 계산도 작용하는 것 같다.

하긴 우리 집 딸도 비누, 치약, 가스, 휴지 등등 온갖 생필품이 제집에 없으면 여기저기 뒤져서 가지고 간다.

아들과 부모와의 관계 유지는 전적으로 며느리에게 달렸다 해도 과언이 아니다.

며느리가 시부모와의 관계를 원만히 유지하겠다는 의지가 있으면 그 집안은 그런대로 굴러갈 수 있다.

그러나 며느리 눈에 시어미가 가시이고 시아비가 부담되는 존재라면 아들과 부모와의 관계는 자연히 멀어지게 되어있고 장래는 '남 같은 관계'를 예고한다.

자식들이 부모와의 관계에서 가장 싫어하는 것은 부모가 때도 시도 없이 "용돈이나 생활비를 보태라."고 요구하는 경우라 한다.

심리학 전문가의 말을 빌리면 인간 본성의 욕망에 돈 욕심의 굴레에서 벗어날 수 없는 '인간 본연의 심리'라는 분석이다.

우리 나라 정부 통계(2009년)에 의하면 노부모 학대의 주범은 아들이라고 한다. 노인 학대 가해자의 분포에서도 아들(52.4%), 딸(10.9%), 며느리(9.7%)의 순으로 되어 있다.

이 통계치를 보아도 아들을 믿을 수는 없을 성싶다.

물론 학대하는 아들이라도 다 패륜아 정도의 못된 사람이지
는 않을 것이지만 아들이기를 포기한 자임은 분명하다.

물론 학대를 받는 노부모로서는 자신의 책임도 무시할 수없
는 경우도 있을 것이다.

아들도 노인인 경우가 많은데 "오죽하면 부모를 학대하겠느
냐"는 아들의 애절한 항변에는 그 나름대로의 그럴만한 이유
가 있긴 하다. 그러나 노인 아들이 부모를 폭력으로 심하게
학대하는 데는 이유야 어떻든 아들로서의 정당성을 잃는다.

우리가 '아들이 남'이라는 말에는 심한 거부감을 갖는다.

그러나 우리 주변을 돌아보면 아들과 부모 간에 남보다 더
살벌하게 지내는 경우는 허다하다.

어떻든 부모로서 자식들에게 남과 같은 대접을 받지 않으려
면, 그리고 부모인 내 가슴속에 아들에 대한 '한'을 심지 않으
려면, 부모 쪽에서도 '아들이 남이 될 수 있다'는 가능성을 항
상 염두에 두고 자식을 대해야 한다.

아들집과의 유대강화를 기하고 원만한 소통의 가족관계를
유지하는 것도 아버지에게 남아 있는 의무이며 마땅히 해야
할 큰 몫이기도 하다.

아버지로서의 좀 더 희생적이면서도 효율적인 대안을 마련
해볼 필요가 있다.

아들의
맞춤표 인생

90년대 초 나는 춘천 소재 모대학에 입학시험을 보러 가는 아들과 동행하였다.

그래도 아들이라고 그 지방의 가장 좋은 호텔방을 하나 예약하여 난 아들과 같이 하룻밤을 자게 되었는데, 막상 잠을 청하고 나니 이 생각, 저 생각에 잠을 이루지 못했다.

시험 진닐 아들에게 조금이라도 숙면에 지장을 주어서는 안 되겠다는 위기의식이 작용해 나는 호텔을 나와 인근의 허름한 여관방을 하나 잡고 잠을 청하였다.

당시 2차 대학입시는 한겨울이라 춘천의 날씨가 영하 20도의 살을 에이는 혹한이었다.

여관방의 온도는 난방이 제대로 안 되어서인지 몹시 차가운데다 침구도 시원치 않았고 이상한 여관방 특유의 냄새가 방 안에 진동하여 나를 괴롭혔다.

나는 거의 날밤을 새다시피 하며 지새웠는데 어느새 먼동이 텄다.

그때는 서울 시내 대학만 가도 서울대학 간다고 할 정도로 대학입시가 어려웠다.

아들은 고교졸업 후 서울 중위권 대학의 서울과 지방 캠퍼스를 차례로 낙방하였고 1년간 유명 기숙학원에 재수하고도 1차 대학시험에 또 낙방하고 말았다.

하는 수 없이 합격 가능성이 큰 춘천의 2차 지방 대학을 지원하게 되었으며 그마저도 어렵게 시리 합격의 영예를 안았다.

대학 기숙사에 입소하는 것도 여의치 못해서 학교 근처에 원룸을 임대하여 학교를 다녔다.

대학에는 그저 적만 두고 연애와 연극에 몰두해서인지 학점도 제대로 따지 못하면서 그야말로 건성으로 대학을 다니는 것 같았다.

아들은 대학 2년을 마치자 군징집 영장이 나와 군에 입대하였다. 대학 재학 시절에 사귄 여학생과 부모의 환송을 받고 입소하여 아들은 자랑스럽고 영광스러운 대한의 의젓한 군인이 된 것이다.

전방에 배치되어 사병으로 복무 중인 남자 친구를 오래 기다릴 여대생은 없었던 것 같았다.

그녀는 금세 신발을 거꾸로 신는 발빠른 민첩함을 보였으며 이런 여자 친구의 갑작스럽고 일방적인 배신에 따라 아들의 최전방 군생활이 한때는 아주 어려움을 겪기도 했다.

어느 날 아들은 군복무를 하면서 부재 중인 대대의 정훈장교를 대신하여 사단장 앞에서 정훈교육에 관한 브리핑을 하게 되었다 한다.

사단장은 잘 했다고 칭찬을 하면서 느닷없이 "저 친구 어느 대학 출신이야."라고 물어보자, 사단참모가 어느 대학이라고 대답하였다 한다.

사단장은 곧 "그 대학 어디에 있는 대학이야"라고 의아해하며 재차 문의했다 한다.

아들은 그 때 "아! 나는 아무리 똑똑해도, 아무리 잘 해도 대학의 간판이 안 좋으면 소용이 없구나."라는 느낌을 뼈저리게 가졌다 한다.

그래서 아들은 제대 후 마음을 굳게 먹고 1년을 또 재수하였다. 이때는 내가 보기에도 아들이 공부에 전혀 우왕좌왕함이 없이 오직 실력 증진에만 전념하는 그만의 신기록을 세운 것 같았다.

결국 아들은 서울의 중위권 대학 법대에 합격하였으며, 재학 중 아르바이트를 하면서도 4년간 장학생을 빼놓지 않았고 대학측의 특별한 배려에 힘입어 고시공부에도 열중했다.

아들의 졸업을 앞두고 나는 취업을 권했고 아들은 고시공부를 원했다. 결국 나의 강력한 의지에 아들이 양보를 하여 한 은행입사에 성공하였다. 한때 경쟁에서 무참히 패배했고, 여자 친구로부터의 배신에 몹시 허우적대던 아들이었다.

만일 아들이 그냥 지방대학에서 그럭저럭 대학생활을 보내고 말았다면, 또다시 사회 출발 경쟁에서 쓰디쓴 패배를 맛보았을 것이며, 영영 일어설 수 없는 절망의 깊은 늪지로 몰락했을 가능성이 컸다.

아들은 취직 후 운도 좋게 아리따운 공립고등학교 여선생을 배필로 맞아 결혼을 했고, 아들 딸 낳고 자기 집도 마련하여 금실 좋게 잘 살고 있다.

더욱이 입사동기생 중에서는 제일 빨리 진급도 했고 윗사람으로부터 능력있다는 평가를 받아 좋은 부서로 발탁되어 긍지를 갖고 일하고 있다.

그 옛날 나의 직장생활 경험으로 미루어보면 아들이 만일 소위 일류학군에서 마마보이 형으로 공부 잘해 일류대학을 나와 대기업에 취업했다면 저렇게 큰 능력을 발휘하지는 못할 것으로 짐작된다.

이런 부류의 젊은이는 시키는 일은 요구하는 대로 잘 한다.

하지만 창의성이 없어 맡은 일을 발전적으로 매듭짓지 못하고 남과 협력하는데도 미흡하며 오직 자기만의 이익에만 몰두하는 이른바 'A학점의 바보'들이 많다.

어떻게 보면 아들은 두 번의 재수에다 연극, 연애 등으로 놀아볼 만큼 놀아본 결과 눈을 뜬 인생 경험과 전방의 군생활이 자기 본연의 삶에 큰 밑거름이 되었을 것이다.

새 생명이 어미의 심한 산고의 고통을 딛고 세상에 태어나듯이 '고통과 시련을 겪고난 삶'이 진정한 성공의 지름길인 것이다.

패자는 영원한 패자가 아니라는 말에 공감을 갖는다.

어느 누구라도 한두 번의 패배에 이를 극복하지 못하고 패자의 입장에 안주하면 부활의 기회는 영원히 사라진다.

안이하고 편안하게 오른 성공의 자리는 위태로울 수 있고 항상 패자로 전락할 수도 있다.

그러나 거듭된 패자부활전에 성공한 사람은 패자의 길이 보이며 그 길로 가는 위험을 사전 예방할 수 있는 것이다.

딸과
며느리의 강

 나의 아내는 선천적으로 건강한 체질을 갖고 태어난 것 같다.

나이가 들면서도 남보다는 매사에 더 활동적이고 적극적이며, 무엇이든 긍정적인 생각을 갖고 처신하는 편이다.

나로선 아내의 그런 면이 부러웠고 배우려 하며 가끔 내 자신을 뒤돌아보게 한다.

여러 가지로 내가 늘 아내 덕을 보면서 산다고 생각하니 언제나 아내에 대한 고마운 마음은 그지없이 태산만 같다.

그래서인지 난 아내에 대해 보답의 정신으로 '아내에게 항상 잘 하고 살자'는 말을 좌우명으로 마음속에 되뇌곤 한다.

그렇게 건강한 내 아내가 이번 추석 연휴를 지나면서 무척 피곤해 하는 모습이 역력했고 얼굴에는 잔주름이 몇 개라도 더 생긴 것 같아 보여 씁쓸했다.

난 부쩍 아내의 건강이 크게 걱정됨을 피하지 못하면서 왜일까? 무슨 일인지 곰곰이 여러 가지로 그 원인을 내 나름대로 분석해 보았다.

아내는 자식들 일이라면 무조건 몸을 아끼지 않는 편이다.

아들은 옆 동, 딸은 같은 동 아파트에서 우리 모두 정답게 살고 있다. 딸은 가정부를 두고 살고 있으며, 며느리는 휴직 중인 전업주부이다.

이들 모두는 집안 추석 차례에 미리 동원되지 않았건만 추석 3일 연휴 내내 우리 집 먹거리에만 기대었다.

추석을 계기로 김치는 물론 곰국, 전, 나물류를 모두 나누어 주었는데도 2일 동안 우리 집에서 식사를 해결하곤 했다.

사위는 너무 과식한 탓인지 급체에 걸려 나는 의사한테 침 놓아주고 아내는 전복을 어렵게 구해다 죽을 끓여대기도 하는 해프닝을 연출했다. 이때 내 아내는 겉으로 보아 거의 파김치가 되다시피 녹초가 되었다.

얼굴은 푸석푸석 병색이 완연해지고 여기에다 환절기에 잘 생기는 알레르기 비염도 심하게 도져 몸 고생이 배가 되었다.

난 아내에게 "이젠 자식 뒷바라지 좀 그만하고, 우리 둘만의 생활에 전념하자."고 강조해도 아낸 "당치 않은 소리"라고 일축하면서 자기는 "기운 닿는 데까지 자식을 도울 작정"이라며 "그게 내가 할 의무이다."라고 잘라 말한다.

그게 부모로서 자식을 위해 지켜야 할 도리라면 내가 할 말은 없지만 늙고 병 들면 "자식 다 소용없다."는 말이 지나가는 말이 아닌 엄연한 현실인데, 아내는 "내 자식은 안 그렇다는 것인지" 도무지 막무가내다.

딸이나 며느리는 30대 주부인데 추석에 몸 아끼지 말고 일 좀하면 어떨까? 돈과 시간, 노력이 아까워서인지, 힘이 들어서인지, 본래 게으르기 때문일까?

아니다. 자기 일을 위해선 혼신의 힘을 쏟는 사람들이고 그 어려운 지금의 경쟁 사회를 훌륭히 이겨낸 딸과 며느리가 아닌가.

그런 자들인데 추석 명절에 부모님 먹게끔 곰국도 끓여 오고 전도 좀 부쳐 오면 "뭐, 덧나는 일이라고 생기나?"라는 어깃장 같은 생각이 들지 않을 수 없었고 어미를 몰라라 하는 자식들의 철부지 외면에 아쉽고 섭섭한 생각이 들었다.

내 생각이 지극히 몰염치나 주책에 해당되고 이기주의적 편견이라 주장한다면 애써 부정하고 싶지는 않다.

하긴 "요즘 세상에 그런 효자 마음을 가진 애들이 어디 있냐."는 말이 맞을 성싶다.

그렇지만, 그들은 알량한 흰 봉투(아내는 좋아하지만) 하나 달랑 내밀고 엄마를 그저 생각없이 골이 빠지도록 부려먹기만

한 셈이다.

이제 엄마가 내일 모래면 지하철도 공짜로 탈 '지공선생' 노인인데, 여러모로 좀 배려해 주고 도와주면 안 되기라도 하는 것인지?

어떻든 그들은 매번 그토록 온갖 건강식품을 가져가기 만하고 우리에겐 "잡수어 보시지요."라고 주는 것은 식당밥이나 피자, 빵, 과일 등이다.

어제는 딸이 좀 미안한 생각이 들었던지 엄마를 찾더니 저녁에 맛있는 피자를 사 올 테니 저녁을 하지 말라고 한다.

난 피자를 별로 좋아하지 않지만 어쩔 수 없이 피자 한 조각으로 저녁을 때울 수밖에 없었다.

그런데 딸은 내 새끼고 며느리는 남이라는 생각에 "딸이 며느리보다는 낫지 않나."라는 생각도 어느 땐 든다.

며느리는 가급적 시어미와 마주하거나 부닥치는 일을 생리적으로 싫어한다.

그저 의무적이라는 점에서는 어쩔 수 없이 손을 내밀지만 내키지 않는 선심을 시어미에게 쓸 리는 절대로 없는 것 같다.

그래서 며느리와 시어미간의 관계는 언제나 한계와 보이지 않는 강이 중간에 놓여있기 마련인가 보다.

"손은 안으로 굽는다."는 말에 나는 실감을 가져본다.

며느리
생일날

어제 귀가 중에 아내가 안 하던 전화를 내게 하더니 오는 길에 쇠고기 양지머리 반 근을 사 오라는 명을 내렸다.

누구의 명령이랴 잊을 수는 없는 일이라 인근 슈퍼에 잽싸게 들려 쇠고기를 한 덩어리 갖다 주면서 쇠고기 사 오란 이유를 넌지시 물어보았다.

내일이 '며느리 생일'이라고 당신은 모르고 있었냐 하면서 나더러 봉투나 준비하라고 다시 명하였다.

자기는 며느리 생일을 기리는 시어미표 '미역국'을 끓이겠다고 하였다.

오늘 아침 부리나케 일찍 일어나서 보니 아내는 벌써 부엌에서 미역국을 맛있게 끓여 놓은 것 같았다.

일찌감치 아들네 집에 손수 갖다준다고 하면서 뜨거운 국이 들어 있는 큰 냄비를 들고서는 우리 집 옆 동에 사는 아들집에 갔다 왔다.

아내는 곰국이나 미역국은 물론 김치, 장류, 손수 농사 지은 상추, 쑥갓, 각종 나물 등에 이르기까지 모든 찬거리의 대부분을 며느리에게 늘 바치는 이른바 아들집 반찬 공급책이나 다름없다 하겠다.

내가 "무슨 정성이 뻗쳐 그렇게 오매불망 갖다 바치느냐."고 하면 아내는 "나 좋아서 하는 일이니 상관 말라"고 일언지하에 반박하곤 한다.

며느리가 고등학교 선생님이긴 하지만, 내가 보기엔 여러모로 시어미보다는 단수가 좀 센 편이긴 하다.

며느리는 시어머니가 아니라 자기 친정어머니 대하듯 남편에 대한 것을 요것 저것 비밀없이 사근사근 일러바치기도 하고 무슨 일이든 시어미와 의논하기를 주저하지 않는다.

시어머니 용돈도 잘 주는 편이고 5녀 1남의 막내딸이라서 그런지는 모르지만 친정에도 자주 안 간다.

하여튼 내가 보기엔 우리 아내가 며느리 단수에 좀 넘어간 거나 다름없다 하겠다.

난 그래도 대립각을 세우는 고부관계보다는 좋을 것 같다는 생각이 지배적이다.

며느리 사랑은 시아버지라 하지만 고부관계가 좋으니 난 저리 가라는 신세이다. 그래도 난 반대할 이유는 없고 그저 준비하라는 봉투만 마련하면 내 임무는 끝이다.

덕분에 우리는 봉투 가지고 점심에 ‘OUT BACK’에 초대되어 모처럼 손님들로 북적대고 아우성치는 소란한 틈 속에서 아들 내외와 맛있는 양식 먹고 포도주 한 잔하는 행복 행사를 가졌다.

“가는 것이 있어야 오는 것이 있다.”는 진리가 맞는 말인가 보다. “주지 않고 바라기만 하는 부모는 찬바람만 맞는다.”는 말도 맞는다.

아내는 못하는 술 포도주 한 잔에 얼굴이 붉어지면서 그저 행복해 하는 모습이다.

내 아내가 좋으면 나 또한 나쁠 리 없는 일이다.

외손녀
이름을 짓고

 귀여운 외손녀가 두 돌을 맞는다.

건강하게 무럭무럭 잘 자라고 말도 제법 한다.

부모가 정성들여 보살피고 원래 건강하게 태어나서 그런지 얼굴도 더 할 수 없이 예쁘고 모든 짓이 예뻐 보인다.

나는 불현듯 '내가 외손녀 이름을 잘 지어서 그런가 보다'라는 자긍심을 가져본다.

막내딸과 사위가 앞으로 태어날 딸의 이름을 지어 달라는 부탁을 해왔을 때 나는 외할아버지이고 친할아버지도 계신다는 생각에 선뜻 나서서 이름을 짓기가 망설여졌다.

기쁘고 고마운 마음이 앞서기도 했지만 신중하게 답해야 한다는 생각이 들었다.

나는 우리 아들, 딸 둘의 이름도 내가 지었다.

물론 책도 보고 주변 사람들 자문도 듣고 하여 "아! 이 이름이다."라는 감이 들면 그대로 이름을 지었다.

지금도 그 이름을 부를 때마다 남다른 감회를 갖곤 한다.

아무튼 우리 세 아이가 다 짝을 찾아 행복하게 잘 살고 있으니 지금까지 이름을 잘못지었다는 생각은 갖지 않는다.

그래서 나는 외손녀이지만 '영광이다'라는 생각을 갖고 작명에 몰두했던 것이다.

예로부터 이름이 좋고 나쁨에 따라 어떻게 보면 한 사람의 운명을 좌우할 수도 있다고 한다.

그래서 사람들은 유명한 작명가를 찾아 많은 돈을 주고 이름을 받기도 한다.

나는 외손녀의 이름을 인아(仁娥)라고 지었다.

아주 발음도 쉽고, 글씨체도 예쁘고, 여자에게 어울린다는 그러한 좋은 이름이고, 이름 운세도 "남을 위하여 성실하고 부귀공명하며" "사회적으로 높은 지위에 올라 명예를 얻는다."고 하여 내 깐에는 만족감이 두터운 작명이었다.

나는 지금도 너무 좋은 이름이고 너무 예쁜 이름이라고 생각하며 외손녀 이름을 불러댄다. 외손녀가 어여쁘게 잘 자라는 것을 보고는 난 작명에 기울인 노력한 만큼 보답을 받는 것 같았다.

이름을 부를 적마다 왜인지 기분이 좋았고 "사람이 살아가
면서 이렇게 또다른 보람 있는 일이 있구나."라는 생각을 갖
는다.

앞으로 외손녀 동생이 태어나면 또 이름을 지을 것이다.

그 때는 좀 더 작명에 관해 연구하고 철학 공부도 열심히
해서 더 좋은 이름, 더 아름다운 이름을 지어주고 싶다.

이 즐거운 마음은 나만이 갖는 행복감임을 애써 강조하고
싶다.

기쁨조
외손녀

막내딸이 옆 집으로 이사와 산 지는 몇 달째 된다.

아파트 옆 집이니 현관문을 서로 열어놓고 왔다갔다 하면서 서로 내통하고 산다.

좋은 점도 있지만 아무래도 부모 쪽이 여러모로 손해를 보면서 사는 꼴이다.

우린 연금 가지고 살고 저들은 현업 의사인데 금전적인 손익계산에서 우리가 크게 밑지는 장사를 해가면서도 무엇이 그리 좋은지 희희낙락하며 살고 있다.

우리 집 마님은 당신이 딸의 근접 살림을 원했고 허락을 해서 생겨난 일인데, 결국은 "나만 고생시킨다."고 간혹 역정을 내기도 한다.

하지만 내달에 2돌을 맞는 외손녀만 보면 금세 얼굴에 화색이 피고 웃음꽃이 만발함은 어쩔 수 없다.

확실히 우리에겐 외손녀가 기쁨을 주는 '은혜의 선물'이다.

기쁨조라는 말이 좋은 의미를 지닌 말이 아니라는 것을 잘 안다.

그렇지만 우린 기꺼이 외손녀를 가리켜 '기쁨조'란 우리만의 닉네임을 지어주고 즐긴다.

그래서 외손녀가 우리 집에 들어오면 "오! 우리 기쁨조 왔냐."고 소리 지르며 온몸으로 반가이 맞아들인다.

마치도 노부부 둘만이 사는 외딴 오두막집에 하얀 토끼 한 마리가 뛰어드는 격으로 그렇게 외손녀는 우리에게 항시 웃음과 함께 즐거움을 주고 있는 것이다.

어쩌다 우리는 기분이 안 좋은 상황에 처해 있더라도 외손녀를 마주하는 순간 모든 잡념의 흔적을 지워버린다.

외로운 삶도, 고독의 슬픔도, 낙엽지는 쓸쓸함도 다 잊어버리고 만다.

한창 말을 배우는 외손녀인지라 느닷없이 들어보지도 못한 어려운 말을 한다든가, TV를 보고 전례 없던 여러 가지 몸놀림의 재롱을 떤다든가, 그림공부 책을 보면서 큰 아이처럼 좔좔 외어댄다든가 하면 천재라고 부추켜 세운다.

또는 주는 밥 잘 먹고, 잠투정 없이 혼자 고이 잠이 들 때는 할아비, 할미의 마음은 파란 하늘에 구름 한 점 없는 맑은 마음이 된다.

다 지난 과거의 잊어버린 일이라 그렇겠지만, 내 자식을 셋이나 키우면서 손자, 손녀에 대한 남다른 정, 애틋함이라든가, 귀여움의 극치 등 예전의 자식들에게 느껴 보지 못한 분명 색다른 정감이 간다.

이를테면 손녀와 같이 웃고 즐기면서 우리가 어쩜 동심의 세계에서 놀고 있듯이 착각과 착시의 늪에 빠지는가 보다.

장수하는 사람들은 3대가 함께 사는 대가집 노인들이 많다고 한다.

그 이유는 손자 손녀하고 함께 지내면 힘들고 어려운 일도 많지만 건강에는 플러스 요인이 되는 것 같다.

우선 어린이나 젊은이들과의 신체적 접촉에서 기(氣)를 받아들이고 정신적으로도 긍정적이고 적극적인 마음의 샘이 솟아나며 아들, 딸과 손자, 손녀와 같이 지냄으로서 여러모로 정신적 육체적 소모가 증진됨으로써 자신도 모르게 식욕이 왕성해짐을 느낄 수 있다.

자식도 멀리 두고 살면 멀어지는 것 같다.

미국에 사는 큰 딸과는 접촉이 드물고, 이것저것 피부로 부닥치는 것이 없어 왜인지 오가는 정이 멀어짐을 느낀다.

아내는 미국 딸과 전화통을 잡으면 30분이지만 전화선으로는 한계가 있음이 분명하다.

　그에 반에 옆에 있는 기쁨조는 우리에게 늘 피부에 와 닿는 희열을 제공한다. 간혹 보이지 않는 갈등도 일어나지만 기쁨조는 이를 금세 섬멸시키고 만다.
　외손녀가 풍겨주는 기쁨조의 재롱은 우리에겐 항상 내일의 희망으로 둔갑시키는 요술이다.

홀아비
연정

늙어서 홀아비가 된 주변 친구를 보면 그 신세가 딱하기 이를 데 없고 불쌍하기도 하며 측은한 마음마저 든다.

나이든 홀아비는 실로 오갈 데 없고 혼자 살기도 사실상 어렵다. 그래서 가급적 여자보다는 남자가 먼저 세상을 떠야 좋다는 말에 수긍을 한다.

우리 나이에 남자가 돈 많이 벌어놓고 가면 마님은 잠시 울다가 문지방 넘자마자 '빙긋이 웃는다.'고 한다.

이제 지긋지긋한 영감이 갔으니 좋다는 표현인지도 모른다.

어제 아침 우리 집 마님이 갑자기 숨가쁘게 나를 부르면서 명치가 메스껍고 너무 어지럽다며 다 죽어가는 시늉을 해댔다.

얼굴이 지나치게 창백하고 일어서는 것조차 어려워보였다.

나는 우선 응급 처치로 1년간 배운 수지침술을 이용하고자 손마디 마디 요로에 사혈을 하고 양손 바닥에 침을 놓았다.

과거에도 그런 예가 종종 있었고 원래 너무 건강한 사람이라 쉽사리 병세가 완화될 줄 알았다.

그러나 점점 몸이 처지면서 더욱 더 어지럽다고 하면서 눈을 제대로 뜨지 못했다.

할 수 없이 의사(신경과)인 막내사위에게 급히 전화를 하니 나이 많은 사람이 "어지러운 것은 큰 병일 수 있다."고 하면서 119를 불러 종합병원으로 가라고 다그쳐 이내 119에 전화를 했다.

10분 만에 119구급차가 와서 평생 처음 떨리는 마음으로 구급차에 몸을 실고 구급요원들이 "가까운 병원으로 가야 된다."는 것을 사정사정해 삼성의료원으로 갔다.

삼성의료원은 사위가 근무했던 병원이고 집사람이 15년간 자원봉사를 하고 있는 병원이기 때문이었다.

나는 응급실에 문병은 간 적이 있으나 내 식구 환자를 대동하긴 처음이었다.

삼성병원 응급실 내는 사람들로 붐비어 마치도 어수선하고 왁자지껄한 모습이 동대문이나 남대문 시장 입구와도 같았다.

조금 있자니 막내딸이 급히 달려왔다. 그래도 '자식이 최고구나'하는 생각이 번뜩 들음은 어찌할 수가 없는 본능적인 생각이었다.

응급실에는 환자보다 보호자들이 훨씬 많아서인지 사람들로 넘치는 인산인해를 방불케 했다.

여기저기서 환자들 신음소리도 들리는 가운데 그래도 다른 병원보다는 의사와 간호사들의 움직임은 유난히 빨라 보였다.

사위 덕인지, 아니면 집사람의 오랜 기간의 봉사 덕인지 아무튼 의사의 빠른 진료와 함께 피검사, 심전도와 MRI검사 등을 빠른 시간 내에 끝냈다.

나의 숨가쁜 순간들이 얼마 지나고 나니 담당의사가 보호자를 불러 의사와 마주 앉게 되었다.

아마 이때 나의 표정을 보았다면 거의 반은 죽어 있었음이 틀림없었을 것이다.

드디어 의사의 입에서 "모든 검사에 이상 없습니다."라는 말 한마디가 떨어졌다.

나는 '살았다'는 말을 조용히 마음속에 깊게 되새기면서, 교회도 안 나가는 주제에 그래도 하나님께 '감사한다.'는 마음가짐은 잊지 않았다.

의사는 "스트레스가 심하거나 과로하면 급체와 함께 그런 증상이 올 수 있다"고 하였다.

집사람은 한국무용 자원봉사단을 만들어 오랜 기간 동안을 연습하고 처음으로 장애자의 집에 공연을 갖다온 다음 날 쉬어야 했다.

하지만 바로 동내 산자락에 만들어 놓은 밭농사 일을 한다
고 땅을 한나절 고른 것이 지나친 과로가 되어 그만 병이 된
듯싶다.

흔히들 집안에는 의사나 법조인이 한 사람씩은 있어야 한다
고 한다.

물론 살아보니까 나도 이 말에는 공감을 한다.

그러나 어제는 의사 사위 때문에 필요 이상으로 수선을 떨
고 마음 고생도 심했다.

경제적인 손실이야 그랬다손치더라도 몇 시간을 마음 조리
고 나는 정말 '천당과 지옥'을 오간 꼴이 되었던 것 같다.

사람의 양심은 원래 얄팍하고 묘한 것인지 모른다.

그 몇 시간 동안 난 정신이 없는 가운데에도 집사람이 어떻
게 된다면, 나는 "어떻게 할 것인가?"라는 등등의 오만가지
생각이 엇갈렸다.

이 사람이 병원에 장기간 입원한다면 "병수발은 어떻게 하
나?"라는 생각도 해보았다.

모든 것은 일장춘몽처럼 지나갔다.

나에게 얻은 것이 있다면 "앞으로 집사람을 위해 더 잘해
주어야겠다."는 굳은 마음을 아로새겼다는 점이다.

오늘은
결혼기념일

 나는 며칠 전 아내에게 "다음 주 화요일이 결혼기념일
이니 밖에 나가 맛있는 음식점에서 점심이나 하자."고 정중히
제의하였다.

아내는 "공연이 임박해서 아침 일찍부터 연습을 해야 하니
그렇게 할 수 없다."는 것이었다.

아내가 한국무용 자원봉사팀을 만들어 단장을 맡고 있어 불
가능하다는 말이다.

그래서 오늘이라는 날짜를 서로 잊고 아침을 맞이했다.

그런데 아침 7시경 아내는 밥도 안 먹고 외출을 바삐 서두
르고 있는데 느닷없이 며느리가 들이닥치면서 하는 말이 "어

머니 오늘 결혼기념일이죠, 아버님과 식사나 같이 하세요."라
고 하면서 시어머니에게 흰 봉투를 하나 주고 가는 것이었다.

아내는 나에게 그 봉투를 주면서 "다음 일요일 애들과 식사
나 해요."라고 던지는 말을 남긴 채 휙 나가 버렸다.

난 이렇게 우리가 늙어가도록 결혼기념일을 챙겨주는 아들
내외가 한없이 고마웠다. 한편 자기 일만 앞세우는 아내의 행
동에 무척 섭섭한 마음이 앞섰지만 하는 수가 없었다. 난 결
혼기념일 아침에 손수 밥하고 찌개 끓여서 혼자 아침식사를
때우고 말았다.

거기에다 옆 집 딸네 도우미 아줌마가 그만둔 탓에 내가 손
녀를 돌보고 있는 처지다.

곧 두 돌을 맞는 손녀와 하루 종일 놀아주어야 하고 점심도
같이 먹어야 하는데 기쁨조인 손녀가 감기 기운이 있어 밥을
잘 안 먹어 걱정이 태산이다.

그래도 할 수 없고 이런 일들이 결혼기념일에 맞는 내 운명
이겠거니 하고 지내고 있다. 다행이 손녀딸이 보채지 않고
혼자서 만화도 보고 잘 놀아주는 게 다행이다.

결혼기념일이 "뭐, 대수냐."라고 하면 할 말은 없다.

하지만 난 애들이 결혼하기 전 애들에게 "너희들이 이 세상
에 태어난 것은 우리가 결혼을 했기 때문이야."라고 하는 등
부모 결혼기념일의 의의를 애써 들먹이면서 어떤 형태로든 부
담을 주어 이벤트를 만들어 기억을 되새겨주곤 했다.

그래서인지 애들이 결혼 이후에도 매년 잊지 않고 부모의 결혼기념일을 챙겨주고 있다.

옆집의 딸은 지난 주 내가 잠바만 입고 다니니까 보기 안 좋다고 결혼기념일 선물로 신형 바바리 모양의 외투를 백화점에서 사 주었다.

그리고 딸은 옆 동에 사는 오빠에게 기억을 되살릴 겸 자랑 삼아 말해 주었다 한다. 그래서 아마 아들도 잊지 않고 오늘 새벽에 봉투를 건넨 것 같다.

아들과 딸, 특히 며느리의 속마음이 짐작은 가지만, 어떠할찌 좀 궁금한 대목이긴 하다.

아무튼 아들과 딸의 성의에 버금가게 부모로서의 고맙다는 답을 주고 그것이 우리 가족 간의 '오가는 정'이라고 생각하면 더 좋은 계기가 될 수 있을 것이다.

저녁에 아내가 오면 뭐라고 좀 나무라려고 마음먹었으나 이내 마음을 돌려 "얼마나 수고가 많았느냐."고 격려해 주려 한다. 그 마음으로 설거지도 해놓고 청소도 정성들여 해볼까 한다.

내가 아내의 일을 이해하고 무엇이든 아내의 입장에 양보하는 것이 바로 돌려받는 것이고 부부가 함께 살 수 있는 길이라 생각하면 된다.

즐겁고 행복한 일은 내 스스로 찾아 내야 한다.

시어머니의 높이
친정엄마의 깊이

 엊그제 아내가 친목 모임에 갖다와서 한 이야기다.

30여 년간 매달 모이는 친구들 모임에서 초기에는 애들 학교, 학군, 공부 등에 관해 주로 대화를 나누다가 다음에는 대학 문제가 중심 화제이었다고 했다.

그 후 자녀들 결혼, 남편의 직장문제 등에서 더 나아가 이내 손자, 손녀에 대한 이야기로 변하더니, 이제는 연로한 자신들의 시어머니, 친정엄마 이야기가 주요 논란의 대상이 되었다 한다.

문제는 30년 세월이 제트기보다 빠른 광속으로 달려왔다는 이야기와 함께 모두들 이미 시어머니, 친정엄마가 된 처지에

서 자기들 보다 더 불쌍한 자신의 시어머니, 친정엄마를 비난
들 했다고 한다.

논쟁의 핵심에는 늙어버린 자신들의 입장에서 시어머니나
친정엄마가 너무 지나치게 부담이 된다는 것이 논쟁의 핵심이
었던 것 같다.

여자가 남자보다 오래 살다보니 남편 떠나보내고 홀로 어렵
게 살면서도 시어머니 모시고 친정엄마까지 도와야 하는 할미
가 생긴다.

그런데 그 시어머니와 친정엄마는 자신들의 생각과는 영 딴
판인 옛날 사고방식에 젖어 있다는 것이다.

이를테면 시어머니를 깍듯이 모셔야 한다든지 시어머니나
친정엄마한데 주는 용돈을 왜 안 올려주느냐(물가는 오르는
데)고 투정을 부린다고 한다.

더욱이 시어머니나 친정엄마가 치매나 중풍에 걸려 있는 경
우에 다가오는 고통은 이루 말로 표현할 수 없는 산고를 겪고
있다 한다.

돈은 돈대로 문제이지만 정신적으로 받는 여러 가지 고통은
그야말로 자신의 생명을 앗아갈 정도의 험난한 가시밭길이라
고 한다.

시아버지 돌아가시고 연금을 많이 받게 된 어느 시어머니가
건강하지만 아들하고 살아야 한다고 한사코 아들네 집에 들어
와서는 생활비랍시고 얼마를 내놓고서는 며느리에게 새로운

시집살이를 시킨다는 것이다.

온갖 살림 다 간섭하고 연이은 잔소리를 해대는 시어머니 등살에 그만 자신은 몸져 눕고 말았다는 것이다.

건강하게 혼자 사시는 어느 친정엄마를 오빠가 돌보지 않아 매달 남편 눈치 보며 몇 십만 원씩 생활비 보내주는데, 노인네들 모아놓고 건강식품을 파는 사이비 사기집단에 덜컥덜컥 100만원 넘는 제품 사 놓고 돈 보내라고 요구한다는 것이다. 그것도 한 번이면 좋겠지만, 다시는 안 사겠다고 약속한지 엊그제인데…….

그래도 부모인데 건강하신 것만 고맙다고 친정엄마한데 또 지고 만단다.

그래서 자신들은 자식한테 절대로 신세 안 지고 산다고 다짐들 하지만, 더 늙고 병들어 보면 어떤 생각에 어쩔 셈인지, 그게 그렇게 자기만의 뜻대로 자식한테 신세 안 지게 되기나 할 것인지? 그건 정말 아무도 모른다.

| 제 4 부 |
삶의 아픈
계절들

따사롭고
정다운 집

 오전 늦은 시간의 전철 안은 으레 노인들로 붐빈다.

나도 그 중의 한 사람이며 공짜로 전철을 타는 신세지만 '해도 너무 한다.'는 생각이 든다.

"무엇을 하러, 어느 곳으로 저렇게 많은 노인들이 전철 나들이를 하는 것일까?"라는 의문은 나 혼자만의 생각은 아니다.

요금을 받아도 저렇게 노인 승객이 많을까?라는 생각도 가져 본다.

각자가 나름대로 전철을 타게 된 이유야 있겠지만, 개중에는 불가피하지도 않는데 그저 집을 나와 전철을 이용해 정처

없이 어디로인가 가고 있는 사람도 제법 많을 것으로 짐작이
간다.

그러니까 집에 있기 불편하거나 아내와 마주 하기 싫어서,
아니면 그냥 운동 삼아 교외로 나가 하루를 보내고 싶어 나온
사람들도 많다는 것이다.

누구에게나 집은 지친 몸과 마음의 아늑한 휴식처이다.

또한 가족이 늘 함께 하는 공간이며 밥을 먹고 잠을 자는
생활의 터전이다.

집이 단칸 지하 셋방이든, 반대로 호화 저택이나 아파트이
든, 어느 집에 살 건 제집이 제일 아늑하고 편안함은 인간 본
연의 속성이다.

그래서 사람들은 대부분 즐거운 여행을 떠나 하루만 지나도
내 집이 그리워지고 제집 잠자리가 훨씬 더 편안함을 느끼게
된다.

행복한 집, 따뜻한 가정, 항상 부부애가 넘치는 화목한 집
안은 가족들이 매일매일 상쾌한 아침을 맞이한다.

맛있는 아침 식사와 함께 오손도순 즐거운 대화도 자주 갖
고 집안 사람들 모두가 힘이 저절로 나며 기쁨이 충만되어 서
로를 사랑한다.

하루하루의 삶이 즐겁고 매사에 의욕을 갖지 않을 수 없다.
이런 집에 사는 사람들은 자기 집을 '가고 싶고 쉬고 싶은 곳'
으로 애지중지한다.

집에서 휴식하며 삶의 에너지를 쉽게 보충할 수 있고 모든 것이 생산적일 수 있기 때문에 이들은 늘 매사에 긍정적이며 활동적인 면이 강하다.

이와는 달리 어둠이 짙고 적막이 감돌며 삭막한 집이라면 가끔 가족들 간의 다툼의 소리가 나고 서로가 서로를 믿지 못해 의심하며 말꼬리 잡아 싸움질하기가 잦다.

저마다 자기 주머니만 챙기려 들고 그러다 집안 살림이 파경을 맞는가 하면 하루하루가 지겨워지며 매사에 흥미와 자신감도 잃고 만다. 가족 간에는 화합을 도모하기보다 상대에 오기만을 내세워 적대감을 갖기도 한다.

모두가 제집을 등한시하고 밖으로만 돌고 항시 부정적인 생각에 젖어 저항적인 성격을 지니게 된다.

집이 싫어 등지고 나와 전철은 타는, 혹은 산으로 향하는 노인들의 휴식처는 분명 어둠이 깔린 삭막한 집일 것이다.

헤르만 헷세는 노년에 대하여 "우리가 나이를 먹을 때마다 나이에 어울리는 태도나 지혜를 갖는다는 것은 지극히 어려운 일이다"라고 말하였다.

사실 나이에 걸맞고 무게 있게, 조금은 양보의 미덕을 갖는, 이해하고 사랑하는 마음을 지닌다면 아무리 두 노인이 사는 썰렁한 집이라도 다투고 싸울 일이 없으며, 갈등과 분란을 일으킬 소지가 사전에 차단되는 따사롭고 정다운 집이 될 것이다.

문제는 늙어가면서 내 고집을 꺾지 않고 상대의 성격만 탓하며, 별것 아닌 자존심만을 내세우고 지키려는데 있다.

노인은 가족에서나 사회적으로도 기피의 대상이며 부부 중 남편에 대한 아내의 불감증은 상상을 초월한다고 한다.

그래서 늙어가면서는 정말 내 집이라도 따듯해야 살 수 있는데 삭막하다면 갈 곳이라곤 없다.

친구마저 멀어지고 딱 부러지게 점심이라도 먹자고 전화 걸고 싶은 친구가 그리 많은 것도 아니다.

만일 내가 홀로 되는 날이 온다는 것을 상상하면 부부가 서로 다툴 이유도 서로 대립할 이유마저 없다.

부부란 서로의 입장에서 보는 역지사지(易地思之)의 정신을 가져야 서로를 이해할 수 있고 용서도 한다.

소리를 지르고 끝내 이겨보려는 아집과 독선은 없었는지 살펴보고 내편의 잘못을 성찰해 보고 상대의 입장에 서서 상대를 이해하고 감싸는 관용과 사랑의 정신을 가져야 부부간의 갈등은 사라진다.

괴테는 "가정에서 행복을 찾지 못한 사람은 그 어느 곳에서도 행복을 찾을 수 없다."라고 말했다.

따사롭고 정다운 집은 내가 만드는 것이지, 누가 만들어 주지 않는다.

어느 노부부의
삶과 한

 엊그제 법원은 메모로만 대화하던 노부부에 이혼판결
을 내렸다.

경찰 출신인 할아버지는 원래 고집불통이고 가부장적인데다
비인간적인 방식으로 할머니를 통제하고 폭력까지 사용했다는
것이다.

우리 주변엔 이와 유사한 노부부가 수없이 많다. 그저 자신
의 못남만을 한탄하면서 엉거주춤한 채 어려운 삶을 유지하며
살고 있는 것이다.

비근한 예를 들어보자.

어느 할머니는 아들만 장가 가면 남편과 사생 결판을 낸다

고 벼르고 살았다.

만일 영감과 이혼하고 헤어진다면 자기만의 홀로 어떻게 살 것이라는 구체적 삶의 계획도 세워두었다.

하지만 아들이 장가간 후 막상 이혼을 하려니 떨리고 용기가 나질 않았다.

남한데 이혼녀라는 소리를 듣게 되는 것도 무서웠고 혼자 사는 할미로서 주변으로부터 무시와 냉대를 받을 것으로 예상되어 이혼의 결심을 아예 없던 일로 하고 말았다.

영감은 계속 구시대적 고집과 학대로 할미를 무시하면서 자신이 쥐고 있는 경제권을 이용, 할미의 생활을 감독하고 지시하였다.

할미는 "나의 복이 이것뿐인데"라는 자학적 실망을 안고 그냥 살아가고 있다.

반대로 어느 영감은 아내와의 관계에서 항상 수세적 입장을 취하며 할미의 눈치를 보고 산다.

모든 경제권은 할미가 거머쥐고 있기 때문에 용돈도 필요시 타서 쓰는 처지이고 아내로부터 매번 요구액을 삭감 당한다.

친구들 모임에 회비가 많아야 이만원인데 만원짜리만 나가라고 강요한다.

항상 할미는 영감에게 잔소리 해대며 이유없이 윽박지르기도 하고 하인 부리듯 늘 청소와 쓰레기 버리는 것을 반복해서 강요한다.

영감은 용돈도 없고 갈 곳도 없어 이리저리 방황하고 괜히 전철이나 타고 여기저기 돌지 않으면 동내 산에나 가곤 한다.

이들 두 노부부 간에는 부부로서의 애정과 신뢰는 완전히 결여되어 있고 남이나 다름없는 차갑고 냉랭하며 썰렁한 관계임이 틀림없다.

이해와 용서의 마음이라곤 찾아볼 수 없는데다 서로 배려하는 마음을 접은 지는 이미 오래된 관계이다.

어느 날 넓은 집에 우두커니 둘이 남아있기라도 하면 옆에 있다고 다정한 느낌이 들을 리 없고 할미의 애틋한 마음도, 영감의 구수한 인간미도 서로 없음은 당연하다.

살아오면서 가졌던 부부간의 따스함도, 넘치는 온화함도 다 사라졌다.

친화력마저 메말라 소진되어서인지 이미 서로 간에는 말벗도 안 되고 대화할 아량도 의지도 없다 하겠다.

이 정도면 부부관계라고 말할 수는 없다.

그래도 둘이는 한 집에서 살며 한 상에 마주앉아 밥을 먹고 지낸다.

어쩌다 부득이해 동부인 관계로 밖에 나가 남들과 어울릴 땐 또는 아들이나 딸내외가 새끼들 데리고 집에 왔을 때는 서로 애써 화목한 부부인 척 가장도 하면서 정다운 사이인 척 빈말도 서로 지껄여 대기는 한다.

어정쩡한 남남이나 다름없는 부부관계이다.

그저 눈감고 자신의 처지에 한을 갖고 살뿐 서로 이를 완화시키고 개선시킬 의사도 전혀 갖고 있지 않다.

어떻게든 해결지어 보겠다는 노력의 흔적도 안 보인다.

보통 이런 노부부 간에는 각자 각방의 잠자리를 갖고 자기만의 이상적인 삶의 꿈을 갖고 산다. 사실 노부부간 갈등에 대한 문제 해결의 정답을 찾기는 어렵다.

요즘 날로 증가하는 황혼 이혼이 세간의 화두로 등장하고 있지만 노인이 이혼하고 홀로 산다는 것은 그리 간단치가 않다.

실제로 고통을 감내하지 못하고 갈라선 노인들의 경우를 보면 그렇게 뜻대로 삶이 이어지지도 못하고 생각보다 훨씬 편치 못하다고 한다.

옛말에 "구관이 명관이다."

"뭐니뭐니 해도 조강지처가 제일이다."라는 말이 있다.

노후의 삶은 무엇보다 부부관계가 가장 중요하고 행복한 삶의 중심고리이다.

둘이 사는 집안이라도 훈훈한 기운이 돌고 부부간에 정이 넘쳐야만 어떤 병마도 낄 틈이 없고 그나마 남은 재복(財福)도 유지되고 증진될 수 있다.

우리가 노후대비를 하는데 경제력 준비에만 치중할 것이 아니라 부부애에 대한 실증적인 검증과 더불어 부실에 대한 철저한 보완이 필요한 것이다.

어느
엄마의 마음

우리 집 아내는 고향 친구가 지난해부터 심한 우울증으로 거의 잠을 이루지 못하고 신경쇠약에 몸이 몹시 허약해져 일상생활이 어려워 도와주려 한다고 하면서 사위가 경영하는 병원(신경과 전문)에서 진료를 받도록 했다는 것이다.

사위는 그녀를 진찰하고는 "진료 받고 있는 신경정신과 병원에 계속 다니면서 가정 환경을 좀 개선하고 마음을 긍정적으로 고쳐먹으시면 곧 좋아질 것"이라고 말했다 한다.

아내의 말에 의하면 그녀가 우울증에 시달리게 된 원인은 두 가지라 한다.

하나는 큰 아들이 직업이 변변치 못한데다 40이 넘도록 아

직 결혼을 하지 못했고 둘째는, 남편이 너무 깐깐해서 아내의
모든 일에 간섭이 심하여 그로인해 심한 스트레스를 많이 받
으며 살아왔다는 것이다.

아내 친구의 우울증은 두 가지 문제가 복합적으로 작용하여
그녀의 마음을 짓누르고 노년에 몸이 점차 약해져감에 따라
마음의 갈등을 이겨내지 못한 것으로 보인다.

그녀는 남편에 대한 불만에서는 그러려니 하고 참고 살면서
모든 것을 오직 큰아들이 잘 되기를 기대하며 살아왔다고 한다.

그러나 그녀에게는 엎친 데 덮친 격으로 큰아들 문제가 자
기가 바라던 대로 되지 않았다. 그녀의 실망이 절망으로 변하
고 그의 심도가 깊어진 나머지 이것이 그녀를 우울증으로 몰
아넣은 결정적인 요인이 된 것이다.

보통 우리네 여인들은 누구나 아들에 대한 기대가 유달리
크다.

특히 충청도 여자들이 정서적으로 그 정도가 더 심한 것 같
다. 우리 집 사람도 충청도 출신이라 언제나 딸보다는 아들에
게 잘 하려고 하고 무엇이던 아들 우선의 심보가 두드러짐을
보게 된다.

그러나 "아들이 장가가면 며느리 따라 점차 남이 되어간다."
는 뭇사람들의 일반론에 전혀 공감을 갖지 않으려 하고 "적어
도 내 아들은 아니다."라는 자신감을 갖고 살려고들 한다.

엄마의 아들에 대한 사랑과 정성이 크면 클수록 이에 비례

해서 아들에 대한 엄마의 실망은 더 커질 수 있다.

엄마로서는 아들이 결혼을 하지 않더라도, 또는 아들이 결혼해서 며느리 따라 남이 되던 아들은 아들, 나는 나라는 생각을 갖고 살아야 한다.

이를테면 너무 가정, 가족이라는 틀에 자신과 아들이 얽매이지 않도록 해야 한다.

"나는 내 엄마를 어떻게 모시고 살았는데, 또는 내가 아들한데 어떻게 하고 살았는데"라는 고정관념에서 과감히 탈피해야 마음이 편해진다.

또한 '자식은 내리사랑'이라는 말을 새롭게 인식하고 자식을 좀 멀리서 바라보면서 내게는 오직 나를 아끼고 사랑해 주는 '남편'밖에 없다는 만고의 진리를 항상 가슴속에 소중히 간직하면서 살아야 한다.

그렇게 하여 보다 실리적이면서도 부부애적인 애정관을 갖고 산다면 그것이 바로 엄마로서의 '행복을 위한 길'이다.

엄마로서는 아들이나 딸이 부모에게 어떻게 한다고 일비일희(一悲一喜)할 필요가 없다.

가급적 애들의 삶에는 무관심으로 일관하려 노력하면서 그들에게 정말 도움이 필요할 땐 확실한 도움을 주되 간섭이나 관여하려는 습성을 애써 버리도록 해야 한다.

내 우울증이 자식이나 남편 때문에 왔다는 생각을 가지면 병의 치유는 더 어렵다.

　그러지 말고 내 병은 나 때문에, 내가 잘못해서 생긴 병이라 여기고 내가 보다 희망적이며 긍정적인 마음을 갖고 내 생활을 혁신하고 개선하도록 해야 한다.

　엄마의 위치와 행복은 엄마 스스로 지키는 것이 바람직한 삶이다.

노부부의 갈등과 불화

공원이나 뒷산 약수터에 산책을 나가 보면 때때로 노부부 둘이 서로의 손을 꼭 잡고 정답게 거니는 장면을 목격한다.

부럽기도 하고 보기 좋은 한 폭의 그림과 다름없다.

내게도 집사람과 그런 정이 없는 것도 아닌데 남을 의식해서인지 왜인지 쑥스럽고 자연스럽지도 못한 것 같아 손잡는 것을 피한다.

멀찌감치 노부부를 바라보면서 내 마음 속엔 "정말 손을 꼭 잡은 저 두 노인은 서로 싸우지도 않고 매일 깨가 쏟아지는 밀월관계일까?"라는 의문을 가져본다.

둘이서 손을 잡고 가든, 안 잡고 가든 노부부 간에는 이런저런 심적 갈등이 늘 쌓이게 마련이고 쓸데없이 상대를 불신하기도 한다.

아마 어느 한쪽이 조금이라도 이해하고 양보하거나 포기하지 않는다면 매일 티격태격하며 싸움질하고 서로 마주 하지도 않을 것이 분명하다.

설사 노부부가 작정을 하고 서로 싸운다 해도 뭔가 시원하게 풀릴 일 없고, 오히려 딱딱한 앙금만 덩그렇게 남는 것이 바로 노부부 간의 싸움일 것이다.

어떻게 보면 노부부의 각기 속마음에는 "내가 뭐 네가 좋아서 사는 줄 아니, 할 수 없으니 살아주는 것이지……."

"더 뾰족한 수도 없고 용기도 나지 않으며 자식들 보아 그냥 산다."

"내가 돈만 많이 갖고 있다면 지금이라도 당장 너와는 헤어지겠다."라는 등등의 자신만의 고정된 푸념을 일삼으며 그저 하루하루 부부관계를 유지하고들 산다.

여하튼 노부부 간에는 살아가면서 어떠한 형태로든 서로간의 갈등과 불화는 소멸되지 않고 때도 시도 없이 증폭되기 일쑤다.

여기에는 분명 인간 본연의 '이기적 본능'만이 작용하고 상대편의 처지를 바꾸어서 생각하는 역지사지(易地思之)의 정신이 메말라 있기 때문이다.

　그러면 이러한 불화와 갈등은 왜 해소되지 않고 극단의 충돌과 헤어짐으로 이어지는지 몇 가지 요인을 살펴보기로 한다.

　첫째로, 사람이 늙어가면 자연히 마음이 자기도 모르게 좁아진다는 것이다.

　나이가 더 들수록 마음가짐이 느긋하고 여유로워야 되는데 실제로는 그 반대로 조급해지고 이해와 포용력도 현저히 감소한다.

　물리적으로도 뇌세포가 줄어들고 몸의 건강도 여기저기 안 좋아져 신경이 날카로워진다.

　그래서 둘이 사는 노부부 간에는 갈등이 심화되고, 마침내 쌓이고 쌓인 불화의 응어리는 풀리지 않고 덩어리로 뭉친 채 가슴을 짓누른다.

　이래서는 안 되겠다 싶어 혼자만의 시간을 갖고 하늘을 보면서 "감정을 맑게 정리하자."고 다짐해 보지만 좁아진 기도에서 기침만 자꾸 나오듯이 머릿속에 떠도는 것은 상대로부터 심하게 당한 마음의 상처뿐이며 그 골이 깊어만 간다.

　아들, 딸들도 자기들 잇속 차리느라 경제권 잡고 있는 한쪽 부모에만 정의 따뜻한 표시를 치중함으로써 다른 한 부모의 소외감을 증폭시키며 부부갈등을 더욱 조장하고 만다.

　마님의 목소리는 전례없이 점점 강해지고 구박을 해대며, 이에 반해 할아비의 목소리는 의기소침 일색으로 약해지면서 마님에 대한 반감의 도는 깊어간다.

옛말에 "가까운 사이일수록 예의를 지키라." 했다.

공자는 "안방에 예가 있으면 삼족(三族)이 화목하다."고 했다. 부부간에도 할 말이 있고 못할 말이 있다.

늙어가면서 부부간에 서로 뭐 자존심을 세울 필요가 있겠냐 하지만 사실 자존심은 불가침의 영역에 해당한다.

부부 어느 쪽도 상대가 점점 싫어지면 질수록 필요없이 자존심만 들먹이게 된다.

누구나 살아가면서 피치 못할 '약점'이 있기 마련이다.

그런데 화난 김에 상대의 약점을 싸잡아 비난하는 횟수가 잦아지면 감정의 골은 짜증이나 화를 더 치밀게 하고 마침내 '돌아오지 않는 강'을 건너게 된다.

둘째로, 과거에 지니고 살아온 한을 삭이지 못하는 것이다.

황혼 이혼의 경우 이혼소송의 80%는 여자 쪽이 제소한다고 한다. 그만큼 우리 나라 여성이 지난 결혼생활에서 스트레스를 많이 받고 남자로부터 학대를 받으며 억울하게 살아왔음을 뜻하고 있다.

직장 은퇴 후에도 남자는 아내의 대접만 받겠다는 이른바 남편 시집살이를 시킴으로서 한을 증폭시키는 예가 많다.

젊어서 남자가 바람을 많이 피워 속을 썩이거나 술을 지나치게 많이 먹어 여자에게 폭행하는 등 비인간적인 행동을 일삼은데 대한 인과응보의 공격도 있다.

물론 여자 쪽도 증권 중독에서 벗어나지 못해 살림을 날리

거나 바람기를 재우지 못해 집안에 탈로가 날 경우 남자로부
터 이혼을 당하는 경우도 있다. 대략 이런 부류의 사람들은
자기 잘못을 거의 인식하지 못한다.

이들의 성격적 특성은 대개 외부 지향적이며 자기 중심적이
기 때문에 가정이나 가족을 중시하지 않으며 자기 이익만 챙
기려든다.

어떻게든 자신의 능력과 수준을 제대로 가늠하지도 못하고
항상 새로운 것을 찾아 나선다. 결국 살아오면서 상대가 가진
한과 울분을 극도로 자극하고 만다.

셋째로, 지나친 돈 욕심에서 벗어남이 없이 노추(老醜)를 보
인다는 것이다. 노부부 간에도 살아가면서 돈에 관한한 서로
격의없이 아주 편하게 해주어야 한다.

누가 경제권을 잡고 있던지 가능한 범위 내에서 과소비만
아니면 상대의 경제 활동을 가급적 간섭함이 없이 자유스럽게
허용하고 지원해 주어야 서로 편하다.

돈문제에 있어서 자기만의 선입견이나 편견으로, 또는 상대
의 약점을 거론하여 싸잡아 힐난하거나 묵비권을 행사하는 것
은 다른 문제에서의 갈등을 더 어렵게 한다.

노년기에 취미 생활은 마음을 윤택하게 해준다.

특히 여자들이 문화센타에 여러 개 종목에 다니려면 상당량
의 돈이 필요하다. 또한 남녀 공히 여행이나 때대로 친구를
만나려면 돈이 있어야 한다.

집에 돈의 여유가 진실로 없다면 할 수는 없다.

그러나 어느 한쪽이 절약이라는 미명하에 상대를 강압적으로 통제하려는 고집을 부리면 사소한 일에도 싸우게 되면서 전혀 화합의 장은 마련될 수 없다.

어차피 죽을 때 갖고 가지 않는 돈, 돈의 사용에 관해선 부부간에 충분한 소통과 자유스러운 씀씀이가 허용되어야 한다.

돈을 가지고 부부간의 남아 있는 정을 죽이는 것은 가장 미련한 바보들의 행진이다.

노년에 행복한 삶을 영위하기 위해선 아내(남편)를 가장 친한 친구로 만들어야 한다는 것을 유념해야 한다.

인과관계는
아닌지

　　얼마 전 가까운 친구 형님이 암으로 타계하시었다.

　그런데 그 형님이 병이 악화되어 사경을 헤매고 있을 때 집에서 키우고 있던 개 두 마리 중에 한 마리가 죽었다고 한다.

　일주일 후에 그분이 돌아가시고, 그리고 며칠 후 남은 개 한 마리마저 죽었다 한다.

　그 친구의 형수님(돌아간 분의 아내)은 자기 집에서는 도저히 살 수가 없다고 하면서 살던 집을 세 주고 동서네 집 근처에 셋집을 얻어 산다고 했다.

　여기에서 친구 형님과 개의 관계를 문제 삼고싶다.

　서로간의 죽음에 대한 인과관계가 성립된다는 과학적 논리는 이치에 안 맞지만, 우리가 예로부터 살아온 정서적인 면에서는 다분히 이해되고 개연성을 갖기도 한다.

또한 무당의 주술이나 기도에 의존하는 초자연적인 샤머니즘이나 물신숭배(物神崇拜)에 기초하는 애니미즘의 관점에서 본다면 어떤 연관성이 있다고 주장할 수도 있다.

이와 비유적 대상이 되는 70년대의 한 예를 들어본다.

회사 근처의 한 2층 양옥집이 있었는데, 그 집에 이사 가는 집주인마다 어떤 이유로든 계속 죽어 나가기 때문에 10여 년간 누구도 그 집에서는 안 산다는 이른바 흉가가 있었다.

내가 직접 그 집에 들어가 보진 않았지만 겉으로 보아도 무서움과 두려움이 금세 새어나오는 그런 음산한 집이었다.

부동산 폭등으로 한참 집값이 2,3배 뛰던 그런 시절이었는데도 아무도 그 집에 살지를 않아 폐가로 남아 있었는데, 지금은 아마 재개발 붐에 도매값으로 이웃집과 함께 철거되었을 성싶다.

인과관계라 함은 원인과 결과의 관계이다.

다시 말해서 어떤 원인에 의해서 이러한 결과가 생겨났다는 것이다.

그러면 친구 형님의 타계와 개의 관계를 이에 대입해 보면, 그분의 죽음에 이르는 병과 죽음에 의해서 한 가족으로 깊은 애정을 지니고 살던 개 두 마리가 함께 죽은 결과가 되었다는 것이다. 정말 이런 논리가 적합하고 합당한 주장으로 인정될 수 있을까?

그 정도로 개와 인간의 관계는 삶과 죽음을 연결시켜주는 '필연적인 관계'란 말인가 하는 등등의 문제가 의문으로 남는 대목이다.

그렇지 않으면 그러한 관계를 떠나서 개도 생명을 그 때 그 때 다한 것이지 아무런 관계가 아니라는 분석이다.

다만 시간적으로 공간적으로 주인의 죽음과 '우연의 일치'가 되었을 것이라는 주장이 있을 수 있다. 이를테면 자연의 순리가 시간적으로 맞아떨어졌을 뿐이라는 것이다.

친구 형인 노부부는 오랫동안 암이란 난치병에 시달리면서 아무래도 개에 대한 정성이 시들했을 것이다.

개들도 주인의 병세가 극도로 악화되는 것을 보면서 서로 같이 아파하는 동병상련의 처지가 되었을 수도 있다.

여기에서 개와 인간이 서로 공감하는 이심전심의 마음병이 전이되었을 공산이 크며, 한 단계 더 나아가 영혼의 세계를 공유하려는 텔레파시가 통했는지도 모른다.

개는 영특한 동물이다.

전문가에 의하면 영리한 개는 보통 인간의 3살 지능을 초월한다고 한다.

더욱이 개는 주인에 대한 충직성이 그 어느 동물보다 높다는 것은 누구나 알고 있는 사실이다.

전라남도 끝자락 완도에서 억지로 대전으로 옮겨진 진돗개가 걸어서 다시 주인집 완도를 찾아갔다는 것은 놀라운 일이라 하겠다.

아무튼 인간과 개의 상호관계는 사물의 현실적 본질과는 다른 다기능적인 연민성의 관계를 보여주고 있는 것만은 확실한 것 같다.

우리가 그냥 보아 넘기기에는, 그런 특수성을 전면 부인하기는 어렵다.

절인배추의
사모곡

어제 난 아내와 김치를 담기 위해 농협 하나로 마트를 찾았다. 야채 파는 곳은 재래시장의 한복판을 방불하듯 시끌벅적 했다.

몇 개의 확성기로 '값싸고 좋은 물건'이라고 어찌나 고래고래 소리를 질러대는지 옆 사람과의 대화가 전혀 안될 정도이었다. 많은 사람들이 붐비는 속에선 야채는 재래시장 같은 흉내를 내어야 물건이 잘 팔리나 보다.

절인배추는 한 박스에 36,900원이었고, 날배추는 3포기 한 묶음에 6,900원이었다. 절임은 한 박스에 배추 4포기라니 날배추의 4~5배 가격이다.

배추 대란의 금(金)배추 가격이 많이 떨어진 것은 분명하나 절인배추 가격이 만만치 않았다.

아내는 두 가지 배추 가격을 비교해 보더니 머리를 절래절래 흔들고는 날배추를 사자면서 절인배추를 도루 내려놓으려는 것이었다.

난 한사코 말리면서 "내가 소주 한 잔 한심 잡고 그냥 삽시다."라고 강경하게 밀어붙였다.

아내는 집에 올 때까지 "배추값이 너무 비싸다."고 혼자말로 투덜대면서 "당신 때문에 몇 만원 더 썼다, 낭비다."라고 화를 내면서 나를 나무랐다.

나로선 아내의 말을 들어주면 좋았겠지만 그렇게는 할 수가 없었다. 돈 몇 만원이 문제가 아니라 우선 아내의 건강을 염려해서이다.

김치를 담는 것이 얼마나 어렵고 힘들며, 그것도 날배추를 절임부터 시작한다면 일이 얼마나 번거롭고 손이 많이 가는지를 난 익히 알고 있기 때문이었다.

절임배추로 김치를 담아도 무채, 마늘, 고춧가루, 갓, 파 등 사전 준비물의 내용을 보면 가히 김치가 쉽게 거저되는 것이 아니라는 사실을 절감하곤 한다.

사실 김치를 우리 두 내외만 먹을 것을 담근다면 그렇게 문제가 될리 없다.

그런게 아니고 아들집, 딸집에 나눔을 배려한 김치이니 양이 많아서이다.

물론 며느리가 와서 일부 시어미를 도와주기는 하지만 딸은 그저 받아먹기만 한다.

어제 담근 김치를 우리만 먹는다면 겨울 내내 먹어도 된다.

어미가 아들과 딸에게 사시사철 김치를 담아주는 꼴인데 그들의 생각과 반응은 한마디로 어쩌면 철면피(?)에 불과하다고 볼 수 있다.

당연한 것이고 그저 받아먹기만 하면 된다는 식의 안이하고 무감각한 태도의 일관이다.

난 어제 아들에게 객담 섞인 타이름으로 이렇게 말했다.

"너의 엄마 힘들어 하는데, 김치 좀 사서 먹으면 안 되냐? 요즘 사 먹는 김치도 좋다는데 너희도 사 먹고 우리도 좀 사 주면 엄마가 김치를 만들지 않아도 되지 않느냐?"

"아니면 엄마가 김치를 한다고 하면 배추라도 미리 사다가 주면 얼마나 힘이 덜 들겠느냐, 안 그러냐?"

아들의 반응은 "알았습니다." 하면서도 별로 달갑지 않다는 시큰둥한 반응인 것 같다.

아들이 지금까지 배추 한 포기 사온 적이 없으니 기대는 안 하지만, 한번 다음을 기다려 보려 한다.

아내는 "내가 좋아서 하는 일"이라고 나의 간섭을 일축한다. 싫으면 못하고 좀 더 나이 들면 못할텐데 아직 건강하니 자식들을 위해 일한다는 것이다.

남을 위해서 봉사도 하는데 '내 새끼, 내 손자, 손녀를 위한 일'이란 점을 애써 강조한다.

하긴 맞는 말이기도 하지만, 나는 이렇게 말한다.

"당신 생각이 틀린 것이 아니지만, 당신이 장차 허리나, 무릎이 아파 일을 못할 정도가 된다는 것을 상상해 보면, 지금 자신을 더 챙기는 것이 중요해요."

하여튼 자식은 애물단지이기도 하다.

돈이든 물건이든 무엇이든 부모로부터 받아가기만 하면 좋은가 보다.

자식들이 제일 싫어하는 것이 '부모가 무엇이건 달라'는 것이라 한다. 그중에도 돈을 달라는 것을 제일 싫어한다고 한다.

그렇다면 나이가 더 들어가도 누가 나를 돌봐줄 것이라는 기대는 아예 하지 말아야 할 것이다.

'내 것, 내 몸은 내가 보호하라'는 말이 있다.

꽃배달
할아버지

　　난 오늘 지하철에서 무거운 난화분을 들고 쩔쩔매며 전철에 승차한 할아버지 옆에 앉게 되었다.

　　70대 후반이 깊어 보이는 할아버지는 허리는 30도 정도로 굽었고 머리는 백발이었으며 걸음걸이도 시원치 않고 숨도 때때로 몰아쉬는 듯 보였다.

　　할아버지가 자리를 잡고 안정을 되찾은 듯해 나는 그에게 넌지시 물었다.

　　"할아버지는 꽃을 너무 좋아하시는 것 같습니다. 이렇게 무거운 꽃을 갖고 가시니……?"

　　할아버지는 그게 무슨 소리냐는 어쭙잖다는 태도를 취하며 내게 말했다.

"내가 꽃을 좋아하는 것이 아니라, 배달하는 중입니다."

난 좀 계면쩍다는 표정을 지으면서 할아버지에게 꽃을 배달하게 된 경우를 조심스럽게 물어보았다.

그러니까 할아버지는 잘 물어보았다는 식의 자신감에 찬 어조로 "난 움직일 수 있는 한 일을 하고싶어 꽃배달부로 취직을 했습니다. 나로선 조금은 힘들지만 집에 우두커니 있으면 뭐합니까? 이렇게 전철도 공짜로 타고 돈도 벌고… 꽃배달로 가까운 곳은 5천원 먼 곳은 만원을 받습니다. 이게 내 마지막 직업입니다."라고 힘주어 말하더니 이어서 "난 자식 덕, 자식 눈치 안 보고 사는게 내 신조입니다. 비록 내가 벌어논 돈이 별로 없지만 자식에게 손 안 벌리고 살려합니다."라고 잘라 말하는 것이었다.

난 귀가하여 잠자리에 들어서까지 꽃배달 할아버지를 연상하며 깊은 상념에 사로잡히는 꼴이 되고 말았다.

나도 그 할아버지처럼 꽃배달을 할 수 있을까? 한다면 어떻게? 이러한 질문을 연속적으로 자신에게 던져보았다.

그러나 난 못나게도 이내 긍정적인 답을 내지 못하였다.

오히려 확실하게 나는 할 수 없을 것이라는 생각만이 내 머리를 이리저리 휘젓고 말았다.

그러면 '돈을 버는 일'이 되는 다른 일이라도 하면, 돈이 안 되는 일이라도 일하면 되지 않나 하는 생각에 잠겼다.

흔히 하는 말로 "나이 들어 누우면 죽고 걸으면 산다."고 한다.

활발히 움직이면서 수입이 있다면 더욱 좋고 그렇지 못하다면 봉사할 일거리를 찾아 나서면 될 것이 아닌가?

시청이나 구청 복지부서에 가서 자원봉사를 신청해 놓으면 된다는 것을 몇 년 전부터 알고 있으면서도 난 실행에 옮기지 못하였다.

내가 이 수준, 이 정도의 인물임을 인지하고 물러서는 것도 현명한 처신이라고 늘 자위한다. 그래도 컴퓨터 두드리고 책도 보고 글도 써보고 하는 것도 대단한 일이라고 내 마음을 추슬러 본다.

가까운 친구가 밥먹자고 하면 만사를 제치고 신바람 불며 부리나케 나가곤 한다. 어떤 땐 이성친구가 오라고 하면 전신에 앤돌핀이 솟는 것 같아 부끄럽기조차 하다.

왜냐 하면 나에겐 이보다 더 즐거운 일은 없는 듯싶어 그런 것 같다.

현대는 그레이 칼라(일하는 고령자)시대이며, 100세의 시대라고 하지 않은가? 주저하거나 포기하지 말고 자신을 믿고 용기를 돋아보자.

그리하여 금년 초에 마음먹었던, 내 영혼과의 결연히 약속하였던 남을 배려하고 돕는 봉사의 길을 찾아 힘차게 첫발을 내디뎌 보자.

노래 부르기의
마력

 노래를 잘 하고 못함은 타고난다고 한다.

모든 예·체능 부문의 뛰어난 재능이 다 그렇지만, 음치가 노래하기란 평발의 달리기와 마찬가지로 잘할 수 있는 여지가 거의 없다고 본다.

노래를 잘 하는 사람은 어려서부터 노래에 뛰어난 재능을 갖고 있다. 그의 집안 내력도 두루 살펴보면 부모를 비롯한 가족들 개개인의 노래 실력이 만만치 않음을 파악할 수 있다.

물론 노래의 천부적인 재주가 있는 사람이라도 이를 즐기는 습성이 없거나 주어진 음악적 환경이나 조건이 취약하다면 노래 실력이 발전하기는 어렵다.

그래서 노래를 잘 부르기 위해서는 자기 주변의 음악적인 환경이 아주 중요한 관건이긴 하다.

나는 노래를 그렇게 썩 잘하는 편은 못 되지만, 그래도 웬만한 수준의 노래 실력은 된다는 평을 받고 살아왔다. 하지만 노래를 무척 즐기는 편이다.

나의 아버지는 어릴 적 일찍 돌아가셨지만 우리 가락을 상당히 잘 하셨고 평소에 늘 이를 즐기시곤 했다고 전해 들었다.

내 딸도 국악을 전공하여 대학교수까지 되었으니 이 또한 집안 내력에 기인한 것이라 아니할 수 없다.

집안 내력이라는 말을 증명해 주는 예로 친구집에 전화를 할 때 아버지와 자식의 목소리가 거의 동일함은 이를 잘 대변해 준다.

우리 민족은 예로부터 가무(歌舞)를 즐기는 전통을 갖고 있다. 마시고 춤추고 노래하며 노는 데는 특별한 재주와 특기를 갖고 있는 민족으로 여겨진다.

우리는 어느 자리에서도 좌중의 분위기가 즐거워지면 노래 가락이 절로 나오기 마련이다. 누가 시키지 않아도 노래를 시작하는 사람이 생겨나고, 그러면 금세 분위기는 노래하는 막이 오르게 된다.

돌아가며 노래하고 끝내는 분위기가 익으면 합창으로 자리를 마감하는 것이 상례적이다. 이 때 모두가 쌓였던 스트레스를 풀고 서로간의 친숙한 정감도 더욱 짙어지게 된다.

그래서인지 우리 나라 전국 도처에 어디를 가나 노래방 없는 곳이 없다. 도시는 물론이거니와 벽촌에 해당되는 곳에도 노래방이 어엿하게 자리잡고 있다.

원래 노래방 원조는 '가라오케'라 하여 일본에서 시작되었고, 한국은 물론 전 세계로 번졌는데 유독 한국에서만 지금까지 발전하여 유지되고 있다. 우리의 시골 농부는 일하면서 노래하고 이에 못지않게 노동자들도 콧노래로 중얼거리면서 일하는 사람도 수없이 많다.

이렇게 우리에겐 노래가 국민 모두의 생활 속에 깊숙이 묻혀 있고 그것이 때때로 우리의 기(氣)와 힘을 돋우어 주는 큰 역할을 하고 있는 것이다.

사람들은 기쁠 때나, 또는 신바람이 날 때 노래를 즐겨 부른다. 한가하고 적적할 때도 노래를 하면 좋다. 노래는 여럿이서 어울려 불러야 제 맛이 나지만, 혼자해도 좋은 것이 바로 노래이기도 하다.

하긴 우리에겐 누구나 저마다 노래로 뽐낼 수 있는 자기만의 '18번의 곡'을 갖고 있다.

무척 우울하고 울적할 때 자신의 18번곡을 부르거나 좋아하는 음악을 들으면 기분이 이내 풀리고 만다. 노래는 그만큼 기분 전환을 유도하는 촉진제의 으뜸인 것이다.

전문 의사들에 의하면 노래는 병을 치유하는데 엄청난 효과를 본다 한다. 노래를 좋아하는 사람은 암발병률이 낮다는 것도 실증되었다 한다.

자신의 주변을 둘러보아도 노래를 좋아하는 사람이 노래를 피하는 사람보다는 정신적으로 나 육체적으로 건강한 것으로 나타나고 있다.

만병의 근원이 스트레스라는 점에는 이의가 없다.

그리고 스트레스 해소에는 노래 부르기가 그 어느 방법에 뒤지지 않는다는 것도 잘 알려진 사실이다 .

그러므로 우리는 노래를 잘 부르건 못하건, 항상 노래를 즐기는 습성을 길러서 '노래 부르기를 자기화'할 필요가 있다.

주례와
꽃구름

 지난 일요일 저녁 나는 옛 직장의 후배 결혼식 주례를 섰다.

신랑, 신부 양가 모두 자녀의 첫번째 결혼식이라 하객이 무척 붐볐다.

두 집안이 모두 경제적으로 넉넉한 편이긴 하지만 내 생각엔 결혼식도 너무 호화스러운 쪽을 택한 것 같았고 식사대접도 보통이 아닌 고가의 메뉴로 선정한 듯했다.

예식장엔 옛 직장의 동료, 선후배가 모두 참석하는 자리인데다 내가 중매를 선 결혼이기 때문에 나로선 주례사를 잘 해야겠다는 마음의 부담이 꽤나 들었다.

사전에 준비도 많이 하고 예행연습도 전례없이 여러 차례 했다.

그랬어도 결혼식이 막상 시작되고 나니 긴장감이 앞서는 것을 피하지 못했다.

아는 사람들이 많기도 하고, 주례를 서 본 경험이 미천한데다 예식 장소가 하객 모두 식사를 기다리는 연회장이며 저녁 때 이기 때문에 나는 주례사를 가급적 짧게 하여야 좋을 것 같았고 가능하다면 하객을 사로잡는 어떤 묘책이 있어야 되겠다고 생각했다.

사실 결혼식장을 다녀 보면 넓은 곳에서 서로들 웅성웅성 말들을 나누느라고 정작 주례사를 귀담아 듣는 사람이 거의 없는 것이 상례이다.

그래서 나는 될 수 있는 한 좌중을 웃기면서 귀를 기울이게 하려고 모든 가능한 지혜를 다 동원하여 약간의 조크를 섞어 가면서 주례사를 했다.

나의 이러한 의중은 어느 정도 적중한 것 같았다.

좌중은 조용해졌고 술과 떡을 드는 하객이 거의 없이 모두가 주례사를 경청하는 듯했으며 같이 웃어주고 주례를 응시하는 것으로 느껴졌다.

결혼식이 끝나고 동료들과 같이 식사를 하는데 친구와 후배들이 격려 차원의 인사를 하면서 나더러 "전문주례꾼으로 나서면 돈 좀 벌겠다."라고 농담 삼아 던지는 말들이 도무지 싫지는 않게 느껴졌다.

★주례사★

조금 전 신랑 000 군과 신부 000 양은 여러분들 앞에서 백년가약의 인연을 맺기로 굳게 맹서하였습니다.

저는 오늘 주례를 맡은 사람으로서, 이 두 사람의 혼인을 진심으로 축하합니다.

아울러 여기에 참석해 주신 양가의 하객 여러분들에게 진심으로 감사의 말씀을 드립니다.

오늘 저는 신랑 아버님으로부터 짤막한 부탁의 말씀을 들었습니다.

뭐냐 하면 하객들께서 너무 지루하시고 시장하실 테니까 가급적 주례사를 짧게 해 달라는 것입니다.

그래서 저는 원래 짧게 하려고 했는데, 줄이고 줄여서, 오늘 3가지만 간략하게 말씀드리고 주례사를 끝낼까 합니다.

첫째, 신랑과 신부가 서로 만나게 된 '인연'에 대해서 말씀드리고 둘째, 신랑과 신부가 어떤 사람인가 궁금해 하실 분이 있을 것 같아 두 사람 자랑 좀 하고 셋째, 신랑과 신부에게 부탁하고 싶은 말을 한마디만 하려고 합니다.

먼저 두 사람의 만난 인연입니다. 두 사람이 만나게 된 것은 주례를 서고 있는 이 사람이 중간에서 다리를 놓아주어서 만난 것입니다.

신랑 아버지는 제가 매주 등산회 모임에서 만나는 후배이고, 신부는 저의 집 막내딸의 직장 후배입니다. 그러니까 제가 바로 중매인이 되는 것입니다.

저는 저의 아들과 딸을 중매하였고 이번이 3번째입니다.

저의 아들, 딸은 현재까지 아들, 딸 낳고 잘 살고 있습니다.

제가 아는 아주 유명한 역술가의 말에 의하면 3번 중매한 사람은 복 받고 천당 간다고 하면서 셋째 딸이 시집가 잘 살듯이 세 번째 중매한 짝도 복 받고 잘 산다고 합니다.

앞에 서 있는 신랑, 신부도 앞으로 잘 살 것으로 믿어 의심치 않습니다.

다음으로 신랑, 신부의 자랑을 하겠습니다.

신랑은 00공대 전자과를 4년간 장학생으로 졸업하고 삼성전자에 입사해 지금은 중견간부로 일하고 있습니다.

신부는 00대학교에서 가야금을 전공하였고 00시립 국악단 단원입니다.

음악 전공자가 악단에 취직한다는 것은 하늘의 별따기 만큼 어렵다 합니다.

끝으로 오늘의 주인공인 신랑, 신부에게 주례가 당부하는 말입니다.

언제까지나 서로 변함없이 사랑하라는 것입니다.

요즘 젊은이들에겐 3번의 좋은 날이 있다고 합니다.

첫째가 대학입시 합격날, 다음은 취직시험 합격날, 그리고 장가가는 날입니다.

이 가운데 장가가는 날이 아마 제일 좋은 날인 듯싶습니다.

왜냐 하면 사랑하는 사람과 하나가 되고 결혼식 다음엔 바로 가장 기다리던 신혼여행이 있어서 그런 가 봅니다.

그러니 신랑, 신부로선 주례가 하는 말이 귓전에 들릴 리가 없습니다.

사실 저도 제 결혼의 주례사 가운데 한마디도 기억하지 못하고 있습니다.

그래서 저는 오늘 신랑, 신부에게 "서로 끝가지 사랑하라"는 이 말 한마디만 기억시키려 합니다.

부부란 살다가 때로는 비바람을 만날 수도 있고, 때로는 태풍을 만날 수도 있습니다.

서로 간에 의견 충돌이 있을 수도 있고 경제적으로 아주 어려움에 직면할 수도 있습니다.

이때 부부가 서로 사랑하고 있다면, 사랑은 어떠한 난관도 다 해결해 줍니다.

또한 서로 사랑하면, 서로 이해하고 양보하게 되고 상대방을 존중하게 됩니다.

서로간의 사랑이 깨지면 어떻게 되겠습니까? 믿음이 없어지고 서로 불신하게 됩니다.

이때 부부는 위기를 만나게 되는 것입니다.

사랑은 부부관계를 지탱해 주는 최대의 버팀목인 것입니다.

이 자리에 참석해 주신 축하객 여러분,

여기 결혼식을 올리는 이들 한 쌍이 앞으로도 언제나 서로 사랑하고 같이 행복한 가정을 꾸리도록 변함없이 지도, 편달해 주시옵길 간절히 바라옵니다.

이상의 말씀으로 주례사에 대신하고자 합니다.

감사합니다.

봄에
피는 고독

 며칠만 지나면 만물이 생동하는 경칩이다.

하지만 봄은 우리 곁에 이미 가까이 와 있음을 느낀다.

아파트 베란다에 드리운 햇살은 유난히도 가득 차고 따스하며 멀리 보이는 앞산의 소나무들도 본연의 색을 가다듬고 있는 듯 확연히 푸르다.

아파트 단지 안 가로수, 정원수들의 앙상한 가지에도 한결 물기가 오름을 보이고 새싹을 내밀듯 준비가 한창이다.

백화점, 대형마트 등에는 이미 화사한 봄단장을 끝낸지 오래이고 여기저기서 봄맞이 패션쇼도 연이어 열리며 여인들의 옷자락이 봄맞이 색깔을 짙게 드리운 채 화려함을 자랑한다.

어느 성질 급한 여인의 엷은 봄옷 치장은 봄바람을 이겨내
지 못하여 날린다.

그 동안 긴 겨울만 지나고 나면 지루했던 겨울잠을 홀연히
깨고 일어나 봄의 향연과 더불어 봄이 갖는 환상의 아름다움
을 마음껏 향유할 것 같았다.
봄의 특유한 자연의 변화를 느끼면서 주변을 둘러보고 봄의
색깔에 유혹되어 몸과 마음에 도사린 고달픔도 시름도 일시에
털어버리고 싶고, 봄이 주는 새로운 희망과 열정의 서곡을 맞
으려 했다.

그러나 봄이 가져다주는 꽃망울은, 꽃봉오리는, 꽃은 아직
도 없다. 봄을 시샘하는 비바람, 옷깃을 여미고 몸을 움츠리
게 하는 모진 바람만이 마지막 낙엽을 휘날리는 가을바람같이
을씨년스럽기도 하다.
누구는 두터운 외투를 다시금 꺼내 입고 추위 타는 어느 여인
은 장갑마저 두툼하게 끼고 있다. 아직도 겨울의 너울은 도처에
서 봄의 출발을 역겨워하고 있는 듯 힘주어 막아내고 있다.
사람들은 봄의 문턱에서 곧잘 고독과 외로움의 향수를 느낀
다고 한다. 봄이 가져다준 화려한 고독인가, 낭만의 고독인지
도 모르지만 고독이 없으면 왜인지 허접한 마음 이를데 없고
쓸쓸하기 만하다.

고독은 마음의 양식이요, 가까운 벗이기도 하기 때문에 비록 봄에 찾아온 고독이라도 어쩌면 자신만이 갖는 그윽하고 화려한 고독의 잔치일 것이다.

봄을 기다리는 나만의 찬란한 고독은 사치스럽고 뜬금 없는 고독의 병일 수 있다.

인생의 잣대를 내 나름대로 계획하여 갈라 치면서 분수를 넘나들고 너무 바르게, 그렇지 않으면 지나칠 정도로 도도한 면으로 세속에 초연한 척 고고하게 살아온 나만의 병은 아닌지 무위고(無爲孤)에 고식(孤食)이 겹쳐 이루어진 고독고(孤獨孤)일 수 있다.

인생이란 4계절과 같이 끊임없이 변화한다.

봄이 오는 길목에서 무작정 봄을 기다리지만 말고 훌훌 털고 어디로인가 저 남쪽으로 혼자만의 외톨이 여행이라도 낭만을 한아름 포근히 안고 떠나 바람, 흙, 햇빛이 이미 변한 봄의 대자연을 찾아서 몸과 마음속에 찌든 이끼를 털어 내어 봄에 찾아온 고독의 병을 스스로 치유해 보면 어떨까.

장마는
트로트 노래

장마 기간이 예전 같지 않아서인지 들쭉날쭉 일정치도 않는 채 수시로 때도 없이 비가 내린다.

기상청의 장기예보가 또 맞지 않을 수 있다.

그래도 장마는 또 어김없이 찾아와 남해상으로부터 시작될 것은 뻔하다.

한반도를 위 아래로 예고도 없이 오르락내리락하면서 어느 한 곳에 집중적으로 비를 내리거나 예상치 못한 호우나 폭우도 동반한다.

연중행사처럼 수해가 나고 수재민이 여기저기 발생하여 온 나라가 또 한바탕 난리 법석을 떨 것이 분명하다.

　장마로 인한 피해를 사전 예방하는 데는 해마다 우리는 수해에 대한 준비와 대비책이 부실하여 그만 역부족임을 또 한 번 입증하고 말 것이다.

　매번 같은 일로 당하기만 하는 수재민들, 그들은 또 어떻게 이 피할 수 없는 천재지변을 맞이할지? 장마를 예고하는 비는 시작되었는데 준비는 하고 있는 것인지? 무엇을 생각하고 있을까? 각기 어떻게 대처들 하고 있는지 궁금하기만 하다.

　정부 쪽만 믿어서도 안 되는데 방법이 없으니 이들에게 비는 언제나 원망스러운 존재이다.

　그래도 비는 소리부터 내린다 한다.

　아파트에서의 비소리는 거의 들리지 않아 아쉬움이 이를 데 없다.

　사람의 정취에 따라 다르다 하지만, 비는 쏟아지는 모습보다는 내리는 소리가 더 정겹고 시원하기도 하다.

　비의 주룩주룩 하는 소리에 몰입되어 그만 정신을 잃어버리기도 한다.

　비는 뼈 속을 적신다 한다.

　출구도 보이지 않게 숨통을 조이고, 산마루 위의 큰 바위덩

어리가 일순에 내려앉듯 가슴속 깊이 고독과 외로움도 안겨준다.

그래도 비는 쉬지 않고 멈춤도 없이 정거장을 지나고 정지, 그만이라는 신호를 보내도 계속 내릴 것이다.

비는 지나간 시절을 적신다 한다.
죽마지우라도 불러 내어 김치 부침개에 걸쭉한 막걸리 한 잔이라도 곁들이면서 과거를 나누며 미래를 이야기해 보련다.
우수수 허전함과 공허함은 저 멀리 사라져 갈 것이다.

비는 한적함을 적신다 한다.
안으로만 스며드는 마음이 가눌 길 없을 때는, 집안에 갇혀 있어 답답함에 헤어날 길 없을 때에는 그 동안 사서 쌓아놓은 책 더미 들추어 내어 머리 속을 식히고 살찌게 하는 독서라도 마음껏 실컷 즐기련다.

가을
속으로 가는 길

가을은 어느 결에 깊은 안자락에 와 있다.
지독히 혹독했던 폭염의 여름과는 달리
살며시 성큼 우리 곁에 다가와서는
고즈넉하게 가을의 본색을 스스럼없이 드러낸다.
여름 내내 이어진 모진 비바람과 폭풍의 등살에도
그토록 힘겹게 견디어 낸 나뭇잎들이
이젠 찬바람의 잔잔한 미동에도 힘에 겨워서인지
한 잎 두 잎 마음 실어 내리고 있다.

낙엽 자락자락마다에 선명하게 각인된

상처 투성이의 깊은 흔적들은
마음속 깊이 서린 가슴을 시리고 아리게 한다.
마음 알알이 가다듬어 다잡고 보듬어서는
파란 하늘 속을 겨냥해 다소곳이 흩날려 보지만
갈기갈기 찢겨진 가슴속 아픔의 고통은
지친 몸 한기에 못 견디어서인지
쉽게 아물지 못하고 만다.

가을이기에 산다는 것은 고독이다.
우리는 헝클어진 상념 속에 번민하며
고독을 즐기고 만끽하려 한다.
우심(憂心)으로 얼룩진 고통의 마디마디에 맺힌 열매도
절망의 깊은 나락으로 떨어져 내린다.
고독이 무서워 애써 힘들여 피하려 하지만
덧난 상처같이 더더욱 아물지 않는다.
두려워 멀리하면 할수록
고통의 폭과 깊이는 짙어만 가고
운명의 여신처럼 주변을 서성이며 맴돈다.
고통은 간직하며 사랑해야 한다고 하기에
사랑과 미움을 섞은 굴레를
고통 언저리에 조용히 얹어놓아 본다.

가을이 완연하기에 뒤돌아 본다.
한 해의 끝자락은 이미 다가와 있고
머잖아 나이테 하나를 또 힘겹게 긋고 마는데
들추어 자랑할 것도, 뽐내며 숨길 것도
손아귀에 잡히는 것은 아무것도 없다.
떨떠름히 남아 있는 지난해의 고통마저
몇 갈래 흠집으로 마구 퇴색되어
이리저리 흩날리는 나뭇잎이 되고 만다.
황금빛 들녘의 고개 숙인 벼이삭처럼,
뒷산의 다람쥐 먹이 된 알밤 같이
결실의 열매도 이루지 못한 채
응어리진 울분을 숨가쁘게 토해 낸다.

또 10년 단위의 한 해는 속절없이 지나는데
가을이 지나면 겨울이 가고 또 새봄이 온다.

| 제 5 부 |
맛은 음식의
간이역

쌈밥의
정겨운 맛

아파트 단지 인근에 텃밭 농사를 짓다 보니 자연히 쌈밥을 즐겨 먹게 된다.

상추로부터 시작하여 쑥갓, 양배추, 깻잎, 배추고갱이, 호박잎, 고춧잎, 더덕잎, 취나물, 참나물, 씀바귀잎, 머위떼잎, 부추, 실파 등 밭에서 재배한 거의 모든 채소류가 쌈재료로 식탁에 오른다.

초여름부터 가을까지 이들 중에 몇 가지를 자라는 대로 뜯어다 금세 지은 보리밥에 쌈장을 곁들여 쌈을 싸 먹으면 그야말로 꿀맛이다.

때때로 생다시마, 미역, 김 등 해조류도 쌈밥용으로 포함시켜 들면 금상첨화의 맛을 더 한다.

나는 쌈밥을 너무 애용하는 편이라 연속적인 쌈의 맛에 질릴 만도 한데 영 그렇지는 않다. 여기엔 여러 가지 이유가 있을 수 있다.

무엇보다도 내가 기른 야채는 시장의 동일상품과는 비교가 안 되는 것으로 훨씬 맛있고 싱싱하며 연하다.

가끔 밖의 식당에서 쌈을 대하기라도 하면 정말로 "못 먹겠다." 싶은 맛의 역기능을 심하게 느낀다.

또한 텃밭 농사에는 농약을 거의 사용하지 않아 농약에 대한 거부감이 없기 때문에 야채를 마음껏 먹어도 좋을 것이란 생각이 앞서므로 쌈밥의 맛을 즐기게 된다.

초여름의 초벌 상추와 쑥갓이 제맛이라면 호박잎과 양배추잎은 초가을이 한철인 것 같다.

쌈밥에는 여름철 푸짐한 가마솥 햇보리밥이 제격으로 어울리며 삶은 돼지고기, 즉 제육과 함께 하는 것이 제일 좋다.

여기에 삼겹살 구이나 생선회, 참치 통조림, 또는 삶은 문어, 멸치조림 등을 넣어 먹어도 한결 색다른 맛을 더할 수 있다.

상치와 깻잎 위에 씀바귀잎이나 곰취잎, 머위떼잎 한두 개를 첨가하면 제대로 된 씁쓸한 맛과 향긋한 향이 나는 것은 또다른 매력을 갖는 쌈밥의 맛이다.

더 별미를 즐기려면 생다시마나 실파, 생마늘 쪽을 더하게 되면 쌈은 더 한층 놀라운 맛의 향연을 갖기도 한다.

요즘 시중엔 "웰빙식사를 해야 한다."는 건강 중시의 풍조가 만연해 곳곳에 쌈밥집이나 보쌈집이 두루 있다.

보쌈집이나 쌈밥집이 쌈을 먹는 집이라는 점에서는 맥을 같이 하는 식당이다. 하지만 쌈밥집은 여러 가지 종류의 풍성한 야채로 쌈 위주의 식사에 중점을 두는 집이라면 보쌈집은 제육을 위주로 쌈과 함께 하는 식사가 주류이다.

우리 나라 사람은 모두가 쌈밥을 즐겨 찾는 쌈밥 마니어라 해도 과언이 아니다.

쌈밥은 이어령 씨의 말대로 '쌈(包)문화', 즉 보자기 문화의 대표적인 예다. 아무튼 우리의 전 국민적인 쌈이야말로 건강식인데다 다이어트에 유용한 식사라는 점에서 특히 여인들로부터 선택을 받고 있다.

그래서인지 유명한 쌈밥집에는 쌈밥의 중요성에 공감하는 중년 여인들로 붐비고 있음을 본다.

쌈밥은 어떻게 보면 생야채 위주의 비빔밥을 연상한다.

우리 음식의 고유한 비빔밥은 큰 놋쇠그릇에 각종 음식을 넣고 수저로 비벼댄다면 쌈밥은 바로 입 안에 음식을 넣고 치아로 섞고 씹어 맛을 직접 느끼며 비빈다는 것이다.

그것도 수저나 젓갈이 아닌 자기 손으로 직접 정성들여 쌈을 싸서 입에 넣는다.

쌈을 좋아하는 사람들은 가급적 쌈을 크게 싸서 입 안이 터질듯 마음껏 벌리고 밀어 넣는다. 일종의 우격다짐이고 체면이고 가릴 것이 없다는 그런 쌈밥 먹기의 볼썽사나운 모습도 보인다.

식욕이 왕성한 사람이 그렇게 쌈을 먹다보면 쌈의 진정한 여러 가지 맛이 어우러져 쌈밥 맛의 황홀감에 빠져들게 된다.

한참 쌈밥을 먹고나면 볼떼기와 턱이 불편할 정도로 땅기고 아프기도 하다.

쌈밥 맛을 크게 좌우하는 것은 뭐니뭐니해도 쌈장의 맛이다.

몇 년 묵은 재래식 된장에 고추장과 매실 원액을 조금 넣고 마늘, 양파, 파, 고추 등을 다져 섞은 다음 우렁이나 쇠고기를 잘게 썰어 넣고 볶는다.

호두나 참깨, 들깨, 해바라기씨도 갈아 넣으면 부드럽고 구수한 맛을 돋운다.

시장에서 파는 쌈장을 섞기도 하지만 쌈장의 감칠맛을 잃게 하므로 피하는 것이 좋다.

다음으로 중요한 것이 쌈밥을 먹는 장소와 시간이 문제이다. 아무래도 쌈밥은 늦은 점심이 맛있고 배고픈 이른 저녁이 적격이다.

무엇보다도 혼자 먹는 쌈밥은 쌈밥의 맛을 거의 찾을 수 없고 반대로 여럿이서 먹을수록 맛을 더해 간다.

어떻게 보면 쌈밥은 나눔의 정을 담은 공동의 식사이기도 하다.

그 옛날 배고픈 시절 고향집 마당 한가운데 모깃불 피워놓고 저녁 해질 무렵 평상에 온 식구가 둘러앉아 쌈밥을 먹던 추억은 쌈밥의 정취를 다시금 일깨워주고도 남는다.

어느 날 이웃집 아낙네와 내 친구들이 합석하여 떠들썩하게 쌈밥을 나누던 그 시절의 맛을 지금은 찾을 수 없다.

그렇지만 쌈밥에 담겨진 그 때 그 시절, 고향에 대한 정겨운 그리움은 지금 이 순간에도 아늑하고 아련하기만 하다.

김치찌개의
맛

 찬바람이 솔솔 옷깃을 스쳐댄다.

올 여름의 유난이 혹독했던 날씨 탓인지 겨울이 마냥 기다려진다.

깊숙한 가을은 아직인데 창문을 여니 오늘은 제법 싸늘한 감이 돈다.

이런 날 아침 아내는 온 집안에 시큼한 냄새를 풍기는 김치찌개를 할 모양이다.

입 안에는 벌써부터 군침이 나돌고 배 속은 허기진 듯 이내 허접한 기분이다.

난 서둘러 아침상을 보자는 마음이 작동하여 재빨리 밥을 안치었다.

기름이 잘잘 흐르는 철원미 햅쌀밥을 먹고자 잡곡을 안 넣었다.

김치찌개, 김칫국은 아무래도 우리들의 ‘국민음식’이다.

한국인 치고 남녀노소를 불문하고 김치찌개를 싫어하는 사람은 아마 없을 성싶다.

김치찌개는 그 만큼 우리들 옆에서 언제나 입맛을 돋우어 주고 소화를 촉진해 주는 소박한 밥상의 필수음식이다.

누구나 만들 수 있는 가장 간편한 음식이지만 이 한가지만으로도 그 사람의 음식 솜씨를 판가름할 수 있는 기초가 됨은 어쩔 수 없다.

그래서 김치찌개나 김치국의 맛을 잘 낼 수 있는 사람은 각종 다른 요리도 수준급의 실력을 갖추고 있다고 보아야 한다.

김치찌개와 김칫국의 대표적인 맛은 ‘얼큰 시원함’이다.

이 얼큰 시원함은 무엇보다도 원료의 기본인 김치가 맛을 좌우한다.

맛있는 김치찌개를 위해서는 묵은지와 익은지를 만들어 사용하는데 아무래도 묵은지 쪽이 찌개의 깊은 제맛을 낸다.

묵은지는 적어도 2~3년 땅 속에서 숙성시킨 김치이며, 익은지는 공장에서 2~3개월 안에 급조하여 숙성시킨 김치이다.

그러니까 맛에 관한 한 이두 가지 숙성김치가 비교가 될 수
는 없다.

하긴 맛깔스러운 묵은지도 어떤 재료로, 어떻게, 어느 곳에,
어느 기간 동안 묵은지를 만들었냐에 따라 맛은 천차만별을
나타낸다.

다음으로 김치찌개의 시원함의 맛을 내는데는 국물이 요체
이다. 맛을 위주로 하려면 쌀뜨물에다 사골 육수를 넣고 멸치
와 다시마 육수를 섞어서 하면 가장 일품이다. 돼지고기, 소
시지, 햄, 라면 등을 넣기도 하며 두부 위주의 김치찌개는 육
젓으로 간하면 금상첨화의 맛을 낸다.

이때 김치를 한 벌 빨아서 하면 더 시원한 맛이 첨가된다.

쉬어 꼬부라진 묵은 깍두기를 한 움큼 더 넣으면 시원하고
텁텁한 맛도 배가 된다.

묵은지 만드는 방법과 맛을 내기란 그리 간단치 않다.

묵은지를 맛있게 만들려면 우선 김장하면서 따로 묵은지 통
을 마련하여 담는다. 배추는 부실한 것을 중심으로 파란잎이
많은 배추를 골라 양념을 좀 짜게 한다.

항아리에 담아 땅에 묻는 것이 기본이지만 아파트에서 그리
할 수 없고 김치냉장고를 이용할 경우 가급적 꺼내 먹을 때까
지 열어보지 않도록 한다.

땅에 묻는 경우에는 서늘한 뒤뜰 가나 나무그늘이 지는 응
달을 선택한다.

뭐니뭐니해도 김치찌개는 새콤한 소주 한 잔과 어울리는 음
식이다. 돼지고기를 듬성듬성 썰어넣고 끓인 김치찌개는 탁
쏘는 소주 맛을 한층 일구어준다.
거기에다 라면 사리라도 넣어 끓이면 또다른 라면의 맛으로
술꾼들의 허기진 배를 가득 채워준다.
찬바람 나는 오늘 얼큰한 김칫국에 햅쌀밥을 말아서 먹어보
자. 시금치, 도라지, 고사리, 참나물 등의 무침과 어울려 먹는
다면 맛이 있는지 없는지는 먹어보지 않고는 정말 모른다.

동태찌개의
추억

날씨가 영하로 내려가면 으레 얼큰한 생태찌개를 머릿속에 그린다.

금세 입안에 침이 돌며 소주 한 잔을 곁들인다는 생각도 맛의 농도를 짙게 일군다.

어쩌면 오늘 같이 영하 10도 이하의 추운 날씨에 가까운 친구 한 놈이라도 다급히 불러내어 '생태찌개라도 같이 한다면'라는 생각에 급히 정다운 메시지를 넣어본다.

긍정의 화답이 있기를 바랐지만 "감기가 심하다"는 답을 받고는 이내 내 입속에 흥건히 고였던 침이 그만 마르고 말았다.

그 옛날 시골에서 자랄 때 어머니가 끓여주던 동태찌개의 맛은 지금도 잊을 수가 없다. 그 시절 배고픈 시절의 한겨울의 동태찌개는 우리 집 밥상의 보물 격이다.

어느 날 어머니는 5일장에 나가 없는 돈 긁어모아 동태 두 마리를 어렵게 사 오신다.

새끼줄이나 노끈에 코를 질끈 끼인 동태 두 마리를 보는 순간 어린 나에게도 그날의 저녁식사가 애타게 기다려지고 만다. 당시로서는 어머니의 그런 결정이 뜬금 없는 장날 행차이기도 하다.

그러나 우리 자식들로서는 '오늘이 무슨 날인가?'를 기억해 내려 애쓰면서도 오랜만의 성찬을 기대하는 마음은 무엇보다 앞선다.

내 고향이 한참 내륙이라 당시 생태는 있을 리 없고 멋없이 얼어 삐뚤어진 동태이긴 하지만, 그때 그 동태 맛이 지금의 생태 맛보단 훨씬 낫다는 생각이 든다.

어머니가 부엌에서 동태찌개를 끓이기 시작하면 그 냄새는 온 집안을 뒤흔든다.

고기라고는 명절에 한 점을 먹어볼까 말까하는 시절에 동태찌개의 구수한 장맛 냄새라도 온 집안 식구의 후각과 미각을 온통 자극함은 어쩔 수 없는 일이다.

어머니는 귀한 동태를 가능한 한 조그맣게 잘라 식구들에게 배급을 한다.

할아버지, 아버지에게 가운데 토막이 가고, 그 다음이 형과 나에게 배급된 다음, 그리고 나머지가 누님과 어머니 차지가 된다.

난 그래도 막내아들이라고 엄마가 큰 토막을 골라 주려고 애쓰시던 기억은 지금도 생생하여 잊지를 못한다.

내가 90년대 초 러시아의 시베리아에 근무할 때 동태찌개를 즐겨먹었다.

그 곳 한국인 식당의 주 메뉴가 동태찌개라 많이 먹긴 했으나 그 맛이 여의치 않아 맛있는 동태지개를 먹어 보려고 손수 끓이기도 했다.

러시아인들은 동태와 가자미를 기름기가 없다고 아예 생선으로 치지 않는다. 그래서 시장엘 가면 상인들은 동태와 가지미를 거의 거저 주는 가격으로 파는데 러시아 사람들은 이를 식용이 아니라 개먹이로 듬뿍 사갈 뿐이다.

우리가 동태찌개를 끓이고 가자미를 구워서 맛있게 먹기라도 하면 그들은 우리에게 무슨 맛으로 먹느냐고 의아해 하면서 통 먹어볼 생각도 않는다.

생태, 동태의 원명은 명태(明太)이다.

우리 나라에선 조선 중기 때부터 '국민생선'으로 대접을 받아 왔으며 시가 되고 노래가 되기도 한 생선이다.

냉동하지 않은 싱싱한 것은 생태, 완전 냉동한 것은 동태, 바짝 말린 것은 북어, 반쯤 말린 것은 코다리, 새끼는 노가리라고 한다.

외국 사람들은 명태살의 맛이 풍미가 없는 데다 기름기가 없다고 하여 거의 외면하는 생선이다.

옛날에는 우리 근해에서 명태가 하도 많이 잡혀 흔한 생선이었지만, 지금은 전혀 잡히지 않아 거의 모두가 수입산이라 한다. 그런데 요즘 생태찌개를 먹다 어쩌다 동태찌개를 먹어 보면 이건 맛이 아니다 싶다.

국물맛의 차이가 하늘과 땅 사이로 차원이 다르고

살코기의 씹히는 새큼한 맛도 더할 나위없이 다르다.

그래서인지 여기저기 생태식당이 생겨나고 집에서도 가격의 큰 차이를 감수하며 생태요리를 고집하게 된다.

생태나 동태찌개를 맛있게 끓이려면 우선 육수가 좋아야 한다. 다시멸(다시마와 멸치)로 국물을 내는 것은 기본이고 생선 뼈를 넣고 끓이면 더 맛이 가미되며 여기에다 사골 국물을 조금 첨가하면 금상첨화이다.

무와 모시조개, 표고버섯, 애호박 등을 넣고 다 끓여갈 즈음 두부 쑥갓, 미나리, 콩나물 등을 넣고 마무리 한다.

첨가물로 넣는 고춧가루가 가장 좋아야 제맛이 나고 간을 보는 소금과 묵은 간장도 좋은 것을 써야 맛있는 찌개가 된다.
명태에 관한 시 한 편(양명문:1913~1985)을 소개한다.

명태(明太)

줄지어 떼지어 찬물을 호흡하고
길이나 대구리가 클 대로 컸을 때

내 사랑하는 짝들
노상 꼬리치고 춤추며 밀려다니다가
어떤 어진 어부의 그물에 걸리어
살기 좋다는 원산 구경이나 한 후
이집트의 왕처럼 미이라가 됐을 때

어떤 외롭고 가난한 시인이
밤늦게 시를 쓰다가 쇠주를 마실 때
그의 안주가 되어도 좋다.
짜악짝 찢어지어 내 몸은 없어질지라도
내 이름만 남아 있으리라.

명태 명태라고 하하하하
이 세상에 남아 있으리라.

풋고추 성찬

 올 여름은 유난히도 날씨가 선선한 편이었고 장마로 인한 습기도 그리 심하지 않았다.

작년 재작년 연이어 그토록 극심했던 고추 탄저병이 올해는 이상하게도 심하게 도지지 않았다.

고추농사가 잘 되는 것이 쉽지 않은데 조금은 이상하다.

아마 고추가 달린 이후 제법 좋았던 날씨의 덕일 것이다.

아니면 밭의 거름을 풍부하게 준 지세(땅힘) 때문인지 아니면 온 정성 다 바친 우리 부부의 노동의 대가인지 고추밭 농사에 농약 한 방울 치지 않았는데 반갑고 고마워라 놀라우리만치 잘 되었으니 탄저병은 어느 곳에도 거의 보이지 않았다.

푸른 고추, 붉은 고추 보기 좋게 주렁주렁 달리니 마음마저 넉넉해져 더없이 풍족하다.

이른 새벽녘 풋고추 한 움큼 따다가 보리밥 나물 비빔밥 석석 비벼서 풋고추 하나 듬성듬성 고추장 찍어 먹는다.

지금도 입에 군침 흥건히 고이는 풋고추, 이 맛의 향연 누가 알 것이냐.

아파트 베란다 건조대 위에 창문 방충망 올려놓고 붉고 탐스러운 빨간 고추를 예쁘게 널어 놓았다.

가을을 알리는 따갑고 정겨운 햇살에 부석부석 노란빛도 내며 고추는 이내 말라가지만 이 붉은 고추의 맵고 뜨거운 고마움에 내 마음은 즐거움에 흠뻑 젖어든다.

싱싱한 빨간 고추 몇 개 골라 내어 믹서에 둘둘 갈아 밭에서 거둔 양배추 썰어 함께 넣고 잘게 썬 부추와 마늘, 파와 오이소박이를 버무려 시원한 물김치를 만든다.

풋고추와 함께 보리밥을 나물에 비벼 먹으며 물김치 국물 떠 마셔 보니 향긋한 그 냄새와 넘치는 감칠맛에 마지막 삼복더위는 저만치 달아나고 말았다.

풋고추 하루에 한두 개 먹으면 그날의 비타민 섭취는 충족이란다.

고추가 식욕 돋우는 다이어트 식품이라는데 마늘보다 더 좋은 풋고추를 매일 상식하여 내 건강은 내가 다지려 한다.

먹거리의
중요성

 얼마 전 느닷없이 건강한 친구가 유명을 달리했다.

친구들 중에도 가장 건강해 보였고 여러 가지로 부족한 것이 없었던 친구라 "아! 죽고 사는 것은 내 마음대로 할 수 없다."는 것을 새삼 절감하면서 사람의 수명은 '하늘의 뜻'이라는 숙명론에 공감을 갖는다.

하지만 수많은 사람들이 죽음의 막다른 골목에서도 그 어려운 고비마다의 역경을 이겨 내고 자신의 건강을 되찾는 산 증언들을 접할 땐 중병을 예방하고 건강을 지켜 내는 것은 하늘의 뜻이 아니라, 내가 할 수 있는 바로 '내 몫'이라는 점을 새삼스럽게 느끼기도 한다.

그래도 노년기에 접어든 사람들은 요즘 "별고없어"라는 친구의 질문에 대답으로 우스갯말이지만 "종합병원이야"라는 말로 대신하기도 한다.

주변의 일부 아주 건강한 친구를 제외하고는 대부분 몸이 불편하거나, 또는 성인병 등의 약 처방을 위해 병원을 들락날락하는 것이 다반사로 거의 일상화되다시피 하고 있다.

흔히 나부터 종종 건강이 여의치 않으면 건강관리 면에서의 잘못과 부실의 문제점을 피하고는 '건강은 타고나는 것'이라는 유전학적인 태생을 걸고 넘어지려 한다.

그러면서 옛날 같으면 '벌써 죽을 나이가 지났다'는 위안론에 의지하면서 그 좋아하던 술을 절제하고 담배도 끊었는데 "이 정도면 잘 하는 것이 아닌가."라고 애써 자위하곤 한다.

사실 건강을 타고나는 사람도 많다.

아무리 몸을 막 굴리고 술, 담배하고, 과로해도 끄떡없는 사람도 있다.

태어날 적부터 몸의 오장육부를 건강하게 갖고 태어난 사람이 있다.

하지만 이런 사람들이라고 언제나 건강한 것은 아니다.

친구들 중에 항상 건강하고 건장하게 보이는 사람이 어느 날 갑자기 쓰러져 다른 사람이 되는 경우가 종종 있기 때문이다.

그래서 건강은 유전자보다는 건강관리 문제가 더 중요하다.

건강 상담의 권위 있는 의사의 말에 의하면 그 사람이 평생 살아온 과정이 건강 유지의 주요한 관건이라는 것이다.

가령 음주의 예를 든다면, 지금부터 안 먹는다는 결심과 그의 이행도 아주 긴요하지만 평생 동안 먹은 술의 양이 얼마고, '술을 어떤 방식으로 먹었느냐'하는 것이 건강의 바로미터가 될 수 있다는 것이다.

남자의 경우 건강이 악화되면 술과 담배를 거론하는데 술과 담배보다는 남녀를 불문하고 가장 중요한 것은 매일매일의 '생활 습관'이다.

그 중에도 어려서부터 지금까지 무엇을 먹고 어떻게 살아왔느냐 하는 것이 관건이다.

먹는 것은 살아온 집안 내력과도 깊은 관련이 깊다.

그래서 집안에서 평생 먹어온 음식이 병의 직접적인 인자가 되기도 하고 거기에다 자기가 좋아하는 음식을 너무 편식해도 병을 유발한다.

지난해 집사람과 가까운 친구가 위암을 수술했다.

경제적으로 풍족해서인지 평소에 남편과 매일 외식하는 것을 즐거움으로 삼았다 한다.

수술을 하고 난 후 회복한 다음에는 의사의 강력한 권고대로 일체 외식을 삼가고 집에서 건강식을 만들어 식사를 한다고 한다.

그러니까 야채와 생선, 나물 등을 위주로 한 소박한 옛날 밥상을 매일 접한다는 것이다.

　우리가 밖에 나가 외식을 하면 대부분 고기류를 위주로 한 음식이 주 메뉴이다. 즐거운 대화 속에 자연히 술도 한 잔 곁들이고 음식에는 조미료가 가미되어 맛도 있고 늘 먹던 것이 아니라 과식을 하게 된다.

　이렇게 집에서 만든 밥을 안 먹어 버릇하면 자연히 밥하기도 싫고 조미료에 중독되어 자기가 만든 음식은 맛이 없어진다.

　결국 밥 먹으러 밖으로 연일 나다니다 보면 병을 얻게 되는 것은 불문가지요, 당연지사이다.

삼식이의
사미인곡

세간에 노년에 접어든 부인들이 하루 밥 세끼를 먹는 남편을 비하해서 부르는 말이 이른바 '삼식이'란다.

하루 세 번 식사를 하는 남편을 두고 "밥하기 귀찮고 하기 싫다."는 말을 함축해서 표현하는 우스갯말이다.

그러니까 밥 세 끼 먹는 남편이 아내의 일상에는 아주 거추장스럽고 꼴도 보기 싫다는 것이다.

나이가 들어 아내와 둘이 살면 남편에 대한 아내의 이러한 볼썽사납고 이기주의적인 인식은 점점 하나 둘 배가될 뿐이라고 한다.

나는 하루 밥 세끼를 거의 챙겨먹는 스타일이다.

어쩌다가 한 끼라도 거르는 일이 생기면 배고픔을 참기가 어려운데다 기운도 현저히 떨어져 매사를 그르칠 확률도 크기 때문이다.

집에 달랑 아내와 둘이 살면서 하루에 두 끼 식사로 해결하면 서로가 편하고 훨씬 먹는 것에 대한 부담이 덜할 것은 틀림없다 하겠다.

그렇지만 나로선 도저히 하루 두 끼 식사로서는 살 수가 없다는 한계를 절감하고 산다.

우리 집의 경우, 집사람은 점심 약속이 있는 날은 아침 식사를 거의 안 하고 자원봉사 일로 일찍 나가는 날에도 아침 식사를 거른다.

그럴 때면 아침은 내가 혼자 만들어 해결하고 마는 나만의 고식(孤食)을 하게 된다. 사실 나 홀로 밥 먹는 것은 달갑지 않은 일이고 밥맛이 크게 절감되고 만다.

그렇다고 인근 식당에 가서 매식한다고 해서 해결될 문제는 더더욱 아니다.

그저 이를 두고 늙어가는 백수남자들의 어쩔 수 없는 숙명으로 치부하는 게 그저 마음 편할 뿐이다.

사실 대부분의 남자들은 직장에서 정년으로 은퇴한 후 가정이라는 울타리를 또 하나의 새로운 안식처로 생각하고 이에 안주하려고 마음먹는다.

대안이 없다기보다는 그 방안이 가장 쉽고 내가 나를 보호

할 수 있으며 자신의 건강을 바르게 유지할 수 있다는 안이한 자기만의 인식이 작용하는 셈이다.

퇴직 후의 상당 기간은 그런대로 "아, 이 방법이 맞구나." 할 정도로 아내의 태도는 여러 가지 면에서 상당히 긍정적임을 보게 된다.

그러나 이것이 자신의 착각이었음을 알게 되는 것은 그리 많은 세월이 필요치 않다.

어느 결에 안방과 거실은 남편의 휴식처가 아니고 가차 없이 냉랭한 분위기가 감돌게 됨을 인지하게 된다.

"남편이 퇴직하니까 참 딱하다."는 아내의 나름대로의 숭고한 생각(?)은 이내 속절없이 변절하고 만다.

아내는 힘없이 늘어진 남편을 때때로 다그쳐대는가 하면 남편을 대놓고 무시하기도 하며 심지어는 심하게 학대하는 사람도 있다. 물론 이러한 노부부간의 관계에는 남편의 책임도 크게 존재한다.

전혀 그렇지 않은 가정도 있고 옛날보다 더 오순도순 재미있게 서로를 존중해 가며 사는 집도 있긴 하다. 그러나 오랜 봉급생활에서 벗어난 남자들의 집안 사정은 그리 녹록치가 않은 것 같다.

집안 내에는 밝은 면보다는 어두운 면이 짙고 아내와 화합과 협조의 관계라기보다는 갈등과 대립의 그림자가 드리우고 있음을 피하지 못한다.

　결혼한 아들, 딸도 경제권을 틀어쥐고 있는 엄마의 눈치를 더 보게 되며 나아가 엄마의 입장을 중시하게 된다.

　아버지는 어떻게 보면 집안 내에서도 기피의 대상으로 전락하게 되었음을 뼈저리게 느끼지만 이를 극복할 대안은 그리 마땅치 않음을 이내 절감하고 만다.

　이리저리 혼자만의 살아나갈 길을 궁리해 보지만 주변의 누구 하나 확실한 답이나 도움을 주는 사람이 없다.

　자신의 건강을 위해선 "하루 밥 세끼를 거르지 말라는 것"이 권위있는 의사들의 권고사항이다.

　밥 세끼를 꼭꼭 챙기는 자신의 고집으로 인해 설사 아내로부터 외면 당하더라도 하루 식사를 두 끼로 줄일 필요는 없다고 생각한다.

　평생을 가족을 위해 헌신해 온 나인데, 그렇게 호락호락 당하고만 있을 수 없다는 강한 의지와 결심을 내비쳐 살아야 한다. 무엇보다도 현실을 인정하되 살길을 내 쪽에서 찾아 내고 이를 실천해야 한다.

　아내의 태도를 문책하거나 무조건 아내의 마음을 돌려보려고 하기보다는 내 스스로 아버지의 위기를 극복하는 슬기로운 자세가 요구된다.

　우선은 내 자신이 건강해야 한다.

　건강을 잃으면 나의 귀찮은 존재는 집안에서조차 극한의 비참한 경지로 빠지고 말기 때문이다.

어떻게 하든 밥이나 찌개를 손수 마련하는 방법을 익히고 요리도 배워서 언제고 혼자만의 식사를 해결하는데 절대로 불편함이 없도록 해야 한다.

그리고 갈고 닦은 나의 밥하기 실력으로 아내가 늦게 귀가할 때나 아내가 아플 때, 나의 실력을 여지없이 발휘해 보여주어야 한다.

구수한 된장찌개를 맛있게 끓여놓고 늦은 아내를 반갑게 맞이한다면 이는 거칠고 사나워진 아내에게 색다른 감동을 주기에 충분하다.

아내가 좋아하는 것도 백방으로 연구하여 이를 기초로 아내와 같이 즐길 수 있는 부부공동문화를 창조하고 실천해 보는 것도 내 쪽이 견딜 수 있는 좋은 방안이다.

내가 하루 밥 세 끼 '삼식이'의 골격을 그대로 유지하면서 살아갈 길이 그렇게 먼 데 있는 것은 아니다.

내 스스로 밥을 잘해 먹는 것이 가장 쉽고 바른 길이다.

나 홀로
식사

 우리는 매일 밥 세 끼를 먹고 산다.

하기야 귀찮거나, 식욕이 없거나, 몸이 아플 경우 식사를 거르기도 한다.

그래서 어느 때는 하루 한 끼만 먹고 살았으면 좋겠다는 생각이 간절하기도 하다.

하지만 건강을 위해선 아침을 거르지 않고 매일매일 정해진 시간에 일정량의 음식을 맛있게 그것도 아주 즐겁게 먹어야 한다는 것이다.

아무래도 식사를 맛있게 먹으려면 무엇보다 분위기가 중요하다.

식사는 뭐니뭐니해도 가족 사이 또는 친구 간에 여럿이 서로 부대끼며 화기애애한 분위기 속에서 먹여야 제 맛을 낸다.

나이가 들어 애들을 다 출가시키고 나면 부부간에 정이 있든 없든, 원하든 원치 않던 달랑 둘이 앉아 밥을 먹게 된다.

누구 못지않게 금실이 좋은 깨알 같은 노부부 간에라도 매일 둘이서 마주앉아 먹는 밥이 되풀이되고 있다면 아무리 진수성찬을 차려놓아도 맛이 그렇게 좋을 리는 없다.

그러다가 서로간의 이런저런 사정으로 혼자 먹게 된다면 똑같은 밥에 그 반찬인데 밥맛은 영 딴판으로 변한다.

이른바 외롭고 쓸쓸한 '고식(孤食)'의 그 쓸쓸한 맛이다.

누구나 집에서 홀로 식사를 하게 되면 손쉽게 요리가 가능한 라면에 김치만을 놓고 한 끼를 때운다.

그렇지 않으면 식빵이나 우유를 사다가 대용식으로 먹고 말기도 한다. 밖에 나가 매식을 할 수도 있지만, 아직은 식당에 홀로 가서 한쪽 구석에 쭈그리고 먹기가 편치 않다.

내 돈 내고 내가 밥 먹는데 뭐 남의 눈치 볼 필요도 없는데 아직은 그래도 "저 사람 왜 혼자 와 밥 먹지."라는 주위의 따가운 시선이 느껴지고 어쩐지 고통스럽고, 조금은 계면쩍기도 하고, 난감한 생각도 들고, 창피하기도 하다.

일본에는 식당에 나 홀로 식사를 위한 식탁이 따로 마련되어 있다 한다.

우리 나라에도 그런 식당이 드물게 생기고 있다지만, 극히 제한적이다.

일부 혼자 먹기에 편한 설렁탕집은 둘만이 마주 앉을 수 있는 식탁이 놓여 있다. 혼자 온 사람을 배려하여 앉도록 권한다.

최근엔 혼자 고기를 구워 먹을 수 있는 식당도 등장하고 있긴 하다. 그래도 아직은 혼자 먹기에 편한 집은 중국집인 것 같다.

홀로 앉아 있어도 별로 쑥스럽지 않고 혼자 온 사람도 더러 있으며, 자장면이나 한 그릇 얼른 비우고 나올 수 있기 때문이기도 하다.

내 주변에는 집에서 나 홀로 식사를 해결치 못하는 친구도 더러 있다. 전혀 요리를 할 줄도 모르고 라면 하나 끓여 먹기도 싫다고 한다.

그래서 식사를 홀로 하게 되는 경우 빵이나 우유 등 가공식품으로 때우지 않으면 할 수 없이 이곳저곳 인근 식당에서 매식을 한다고 한다.

매식도 한두 끼이지 오래 가면 음식에서 냄새가 나 질린다.

그래서 이 친구는 여행도 아내와 반드시 같이 간다고 한다.

사실 요리도 자주 해보면 재미가 붙는다.

음식을 만들어 보면 만들수록 자신감이 생기고 자신의 요리가 질과 맛에서도 진일보한다.

나이를 먹어가도 무엇이던 개척자 정신이 긴요하다는 것을 알아야 하며 무턱대고 하루 세 끼 식사를 아내에게 기대서는 안 된다.

요즘 강남 노년기의 여인들이 우수개 소리로 하는 다음 말을 새겨들을 필요가 있다.

"나이 70이 되어 아내에게 밥 달라 하면 얻어터지고, 80이 되어 아내 보고 어디 가느냐고 물어보면 얻어터지고, 90이 되어도 아침에 눈뜨면 얻어터진다."

내 몸은 항상 내가 지켜야 한다.

무작정 아내의 건강만을 믿고 살 수는 없는 노릇이다.

아내가 몹시 아프거나, 아내를 먼저 보내고 내가 아주 홀로 되는 경우도 일어난다.

유비무환이라는 말을 새삼 새롭게 인식하면서 자기 맞춤형인 '나 홀로 살 수 있는 방법'을 개발하여야 한다.

일찍부터 평소에 준비하여 갈고 닦아도 부족하다는 것을 명심하자.

라면으로
한 끼를 때우면서

노년에 둘이 살다 보면 혼자 밥을 먹게 되는 경우가 많아진다.

하긴 둘이 마주 앉아 바라보다 갈등과 분란을 일으키는 것보다는 혼자 있기가 여러모로 편하기도 하여 애써 서로를 피하려 한다.

그런데 남자 혼자 집에 있다 보면 아무래도 식사문제가 골칫거리도 등장하지 않을 수 없다.

어떻게든 한 끼를 스스로 해결해야 하는데 혼자 나가 외식을 하기엔 왜인지 쑥스럽고 버겁기도 하며 귀찮기도 하다.

우리 나라 식당이 아직은 혼자 식사하는 사람에 대한 배려가 전혀 되어있지 않아 남의 눈치가 보이는 것 같기도 하다.

이럴 때 해결사의 역할을 해주는 것이 바로 라면이다.

라면은 조리하는데 별 어려움이 없어 쉽게 한 끼를 해결할 수 있는 대용식이다.

그저 적당한 크기의 냄비에 물만 끓이고 라면 봉지에 쓰여 있는 방법대로 따라 하면 금세 먹음직스럽게 조리된 라면을 먹을 수 있다.

여기에다 김치와 찬밥 한 덩이만 함께 하면 라면은 그야말로 나만의 진수성찬이 되어 홀아비의 점심이나 저녁 한 끼를 맛있게 해결해 준다.

아마 그래서인지 라면은 '국민식(國民食)'이라는 닉네임까지 얻어가면서 항상 모든 사람의 사랑을 받고 있는지 모른다.

그러나 라면은 대표적 가공식품인데다 영양가는 부족한 편이고 염분이 지나치게 많이 포함되어 있어 식품학자들로부터 건강상 좋은 식품이 아니라는 평가를 받는다.

거기에다 기름에 튀긴 것으로 그 옛날 그 기름이 공업용 우족으로 만들었다는 사실이 밝혀지는 등 불량식품의 이미지도 담고 있다.

아무튼 라면이 건강을 위해서는 권장할 식품은 못 되며 건강상 기피의 대상에 포함된다.

그래서 부모들은 자기 집 어린애들이 라면을 아무리 좋아하더라도 가급적 라면을 먹이지 않으려고 애쓴다.

60년대 초 라면이 우리 나라에 처음 소개되었을 때는 아주 귀중품의 대접을 받았다.

워낙 돈 없어 못 먹고 배고프며 자장면 한 그릇도 먹기 어려운 시절이었기 때문에 라면의 맛은 본래의 맛을 훨씬 초월하는 맛있는 음식이 되었다.

웬만한 집안에선 라면상자를 사다가 다락에 정중히 모셔두고 식구 중에 누가 입맛 없을 때나 손님이 오면 접대용으로도 라면을 끓이곤 했다.

지금은 라면이 지척에 널려 있는 꼴이다.

라면의 종류도 셀 수 없을 정도로 많고 가격도 저렴한 편이라 부담도 덜 된다.

각자가 자기 취향대로 라면을 골라 구입하고 끓여 먹는 방법도 각기 자가 스타일대로 천양지 차를 이룬다.

우리같이 나이 많은 사람은 옛날식 정통라면에 임의의 첨가물을 넣지 않고 끓여 먹는다.

김치나 야채, 또는 계란을 넣으면 라면 본래의 맛과 향이 없어지는 것 같아 싫다.

이를테면 라면의 맛과 그 구수한 국물에 찬밥을 말아먹는 맛을 앗아간다는 것으로 라면맛의 변화를 거부하는 보수적인 인식이다.

이와는 반대로 젊은이들은 라면도 요상한 라면을 고른다.

거기에다 갖가지 첨가물을 넣어 자기식대로 라면의 독특한 맛을 내어 즐긴다.

가령 양파와 버섯, 애호박, 무 등을 썰어 넣고 계란을 풀면 영양도 풍부해지고 전혀 다른 맛을 낸다.

어떻게 보면 젊은이들의 생각은 라면 하나를 먹음에도 변화를 바라는 진취적이고 개혁적인 사고방식이라 하겠다.

하여간 요즘엔 젊은이들의 이런 기호를 적절히 감안해서인지 곳곳에 라면, 떡볶이집이 성업 중임을 본다.

나는 오늘 점심에도 홀로 라면을 먹어볼 생각이다.

추운 날씨도 그렇고 왜인지 얼큰한 국물 맛이 그립기도 하기 때문이다. 물론 전통식인 붉은 봉지의 옛날 라면 바로 그 '삼양라면'을 먹을 참이다.

한참 끓이다가 다 되었다 싶으면 찬물을 반 컵 정도 넣고 이리저리 젓는다. 그러면 면이 한결 매끄럽게 쫄깃쫄깃해져 입맛을 한결 돋구어 준다.

라면은 두 개 끓이는 것보다는 하나 끓이는 쪽이 더 맛있다고 생각된다.

라면은 혼자 먹는 식품인가? 그 이유는 잘 모르겠다.

식당업의
아리랑

 주변에서 보면 흔히 조기 퇴직을 한 사람들이 쉽사리 뛰어드는 사업이 음식점 사업이다.

연예인들도 자신의 인기를 이용 식당업을 부업으로 하는 사람이 많다.

누구나 그저 창업을 하기가 쉽고, 자신이 늘 애용하던 식당들을 보면서 자신도 금세 식당업을 잘 할 수 있을 것으로 판단한다. 절대로 실패하지 않을 것이라는 안이한 생각을 갖기 때문이다.

거기에다 식당 개업은 자기가 준비할 수 있는 예산 규모에 맞출 수 있다는 다양성을 갖고 있기 때문이기도 하다.

하여간 여러 가지 자영업 중 퇴직자들이 가장 쉽게 뛰어들 수 있는 대상이 바로 식당업인 것만은 틀림없다.

세계 곳곳을 다녀보면 우리 나라같이 먹자골목, 식당거리, 가든촌이 많은 나라는 없는 것 같다.

서울 시내 뒷골목의 즐비한 식당도 그러하지만 수도권 신도시의 먹자촌은 더 말할 나위가 없이 식당의 종류가 다양하고 많다.

강변의 경관 좋은 곳이나 산수가 아름다운 곳에도 대부분 예외 없이 각종 음식점들이 무질서하게 들어차 있음을 본다.

우리 모두가 집에서 밥 안 먹고 식당 밥을 사 먹는 것도 아닌데 왜 그렇게 우리 나라에서는 어디를 가나 식당들이 우후죽순처럼 돋아나 있는지 정말 이해가 안 된다.

실로 '음식점 천국'과 같은 현상이 나타나고 있음이 우리 나라의 실상인 셈이다.

어느 날 한적한 남한강 강변의 오리, 닭백숙집을 찾았는데 손님이 별로 없어 어떻게 운영하고 계속 간판을 내리지 않은가를 주인에게 물어보았다.

그의 말에 의하면 "식당이 잘 되어야 좋겠지만, 내 집에 살면서 하루 몇 팀 식사 대접한다고 생각하면 먹고는 산다."는 것이다.

"부부가 같이 하니 인건비는 안 들고 재료도 자급자족하는 것이 많다."는 것이다.

그래서 식당 운영에 남달리 신경을 안 쓰고 그럭저럭 해 나간다는 것이다.

사실 어느 관광단지의 식당촌에서도 수십여 개 중에 장사가 잘 되는 곳은 늘 단체 관광객을 받는 곳을 제외하면 한두 군데에 불과하다는 것이 일반적인 관례로 알려져 있다.

사실 식당업은 어려운 사업이다.

누구나 손쉽게 뛰어들지만 어이없이 손 털고 나오기 십상인 자영업이 바로 식당사업이다. 겉으로 봐선 노력만 하면 별 어려움 없이 성공할 것으로 짐작하지만, 정말 어려운 것이 음식점 영업이라 한다.

가령 예를 들어 우리내 집에서 손님 대여섯 명만 초대해도 주부는 초죽음을 당할 정도로 고생하는 것이 사실이다.

그런데 일반 대중식당에선 대략 1일 50여 명이 손익분기선이라고 한다.

매일 50여 명을 집에 초대하고 음식을 준비하고 식후를 처리한다고 생각해 보자. 이 얼마나 어려운 일인가!

다음으로 상식선에서 사업을 시작하면 백전백패하는 것이 식당업이라는 것이다.

창업 전문가의 말을 빌리면 새로 시작하는 식당 10개 가운데 성공 확률은 좋아야 1~2개라는 것이다.

식당업은 아무나 시작하고 있지만, 아무나 할 수 있는 업이 아님이 분명하다는 사실이다.

가장 중요한 것은 사업을 시작하는 사람으로선 요리사의 전문 실력이 있어야 함은 물론 종업원을 관리하고 손님을 접대하는 영업의 전문성을 제대로 갖추고 있어야 한다는 것이다.

적어도 음식점을 손수 개업하려면 우선 자신이 홀 내의 서빙이나 주방일의 사전 경험을 풍부하게 갖도록 해야 한다.

직접 종업원으로서 일해 보고 내가 정말 창업을 해도 될 것인가? 한다면 어떤 방향으로 시작하고 문제가 생기면 이를 어떻게 최소화 할 수 있을까?라는 문제에 수긍할 수 있는 확신이 선 다음 개업을 준비해야 한다.

무엇보다도 주방 일만은 내가 손수할 수 있다는 자신만의 실력을 완전히 갖춘 다음 창업을 서서히 차질없이 준비토록 해야 한다는 것이다.

그리고 일단 사업을 시작하면 예기치 못한 새로운 난관들이 쉴 새 없이 다가온다는 점에 주목해야 한다.

종업원의 연이은 부정이라든가 사보타지, 관(官)과의 여러 갈래의 관계, 뜻하지 않은 예산 및 인력 부족, 가족의 참여 문제 등 잡다한 현안들을 슬기롭게 해결하고 극복할 수 있는 자질을 사전에 구비해야 한다.

마지막으로 맛과 장소의 문제가 관건이다.

인간의 5각 중에 미각이 가장 민감하고 변화무쌍한 부문이다.

기분에 따라 미각이 다르고 선입견에도 다르며 시각에 따라 변하기도 한다. 그만큼 사람의 미각에 만족감과 공감을 주기란 난해한 일이다.

또한 누구든 어느 식당에 가서 한 번 미각에 실망하고 거부감을 가지면 다시는 그 식당을 찾지 않는 것이 미각의 생태적 본질이다.

설사 친척이나 친구가 식당을 하더라도 미각에서의 맛있는 집이 아니라면 두 번 다시 가지 않으려고 하는 것이 사람 심리의 본성이다. 그래서인지 맛은 장소를 초월한다.

음식점의 장소가 안 좋고 협소하고 외진 곳이라도 사람들은 맛만 좋으면 그 식당을 찾는다. 장소보다는 음식의 맛과 서빙의 질이 식당의 생명을 좌우한다.

음식의 맛을 낸다는 것은 어려운 일이다.

음식 솜씨도 타고난다고 하고 집안 내력이라고들 하지만 노력도 아주 중요하다. 만일 자기가 음식 만들기에 대한 소질과 노력을 겸비했다고 장담할 수 있다면 돈을 벌기 위해 식당업은 권장할 만한 업종이긴 하다.

그러나 아주 건강하고 가급적 젊었을 때 시작해야 한다.

식당업은 어느 업종보다 사업자의 힘과 노력이 요구되기 때문이다. 식당업을 하면서 어느 정도 자리를 잡고 나서는, 이제부터는 보통사람들의 건강을 위해서, 또는 맛을 찾는 사람들의 미각을 충족시킨다는 차원에서, 혹은 어려운 사람들을 돕는다는 배려와 나눔의 정신으로, 식당을 한 번 멋들어지게 운영해 보는 것도 좋을 성싶다.